魯迅文學獎作品選 *3*

散 文 卷

人 間 出 版 社
中國作家協會　合作出版

目錄

《魯迅文學獎作品選》出版說明

　　魯迅文學獎為大陸最高榮譽的文學獎項，分七類評審，中篇小說、短篇小說、報告文學、詩歌、散文雜文、文學理論評論、文學翻譯。長篇小說的選拔由茅盾文學獎負責。就文學體裁、門類而言，魯迅文學獎選拔範圍更為完整。凡評獎年限內發表（包括在擁有互聯網出版許可證的網站上發表）、出版的作品均可參加評選。魯迅文學獎每三年評審一次，自 1995 年開始舉辦，至今已歷五屆。

　　大陸的文學獎跟台灣的文學獎最大的不同是，大陸的文學獎均就已發表作品進行推薦選拔，而台灣的文學獎則由新進作家將從未發表的作品投稿參選。台灣的文學獎重視提拔新人，而大陸的文學獎則在眾多作家、作品中進行選拔。台灣文學園地較小，新人出頭不易，因此台灣的文學獎均重視新進作家的培養。反之，大陸雜誌、報刊眾多，發表作品比較容易，在已發表作品中進行選拔，確有必要。

　　大陸文學獎還有一點跟台灣不同。魯迅文學獎和茅盾文學獎均由中國作家協會負責，具有官方性質。另外，凡是參與評選的作品，以及最後進入決選的作品，均先在網路上公告，由讀者反映是否合乎資格（如有抄襲，讀者馬上可以舉

發）。決選作品尚未投票前，讀者均可在網上發表意見，供評審委員參考。

　　魯迅文學獎的評選標準重視貼近實際、貼近生活、貼近群眾，容易被大眾所接受的作品，因此，風格上與台灣的文學獎頗有差異。我們引進魯迅文學獎的作品選，一方面想讓台灣讀者了解大陸文學獎的狀況，二方面也可以透過這些作品接觸另一種型態的寫作方式。兩岸的讀者與作者如果能互相觀摩、交流，相信對於兩岸的文學發展都會產生有利的促進作用。

大地山水裡長出的文字
──序《魯迅文學獎作品選─散文卷》

宇文正

　　常年在編輯檯上閱讀大量散文，也編選過年度散文選，拿到這一冊初排稿，首先看目錄，不免驚訝。初估這本書的厚度，設若是一本台灣的散文選，大約可選 30-40 篇左右，如果主編多選一些小品，那麼增加到 50 篇也很尋常，但這本書一共只得散文 11 篇，而且有些都還標明了是「節選」。會不會冗長得讀不下去呢？孰料一頁頁翻下來，竟不能釋手。

　　台灣散文精緻，這是我們的強項。但這兩年小清新、小確幸當道，會不會愈走愈精巧而失卻厚重的底蘊，我認為是散文寫作者該放在心上的。在近年台灣散文裡，我們往往讀到的是人，人的生活，人的情感，人的慾望，這是彌足珍貴的；而我讀這系列大陸作家的散文，讀到的是土地、歷史、時代與民族文化。

　　聽來似乎真的很沉重，然而畢竟是名家之手，篇幅長，主題大，文字卻一點也不拖沓，許多地方還讓人啞然失笑。

　　賈平凹寫〈老西安〉，把一個城市的靈魂寫得呼之欲出，與讀者睹面相見的，是從古代文明一路走來的西安，也是一個作家對孕育自己的土地濃稠的情感。老西安人被大上

海人氣得無語，喃喃唸道：「外省人竟還有這樣看待西安的?!」令人莞爾。

李存葆的〈大河遺夢〉則以龐大篇幅寫黃河斷流，其憂懷，有文化之憂，環境之憂，更有對整個華夏文明的思索與反省，全文的磅礴之氣，如在呼喚黃河之水。素素的〈絕唱〉、〈永遠的關外〉，熊育群〈路上的祖先〉，無論寫遼西、寫長城，寫漢人的遷徙之路，都是大地之歌，中國文明之歌。

史鐵生的〈病隙隨筆〉極耐讀，一則一則自問自答，從生命是什麼？生命的意義？肉體、精神與靈魂……乃至於愛情、文學與藝術交互關係的種種辯證，深刻有味。比如他說到 ABC 三角戀情，「一個猶豫的 A 是美的，一個困惑的 B 是美的，一個隱忍的 C 是美的；所以是美的，因為這裡面有靈魂在徬徨，這徬徨看似比不上理智的決斷，但這徬徨卻通向著愛的遼闊……」肉身之病中的種種思索，卻照見心的遼闊。

我私心裡讀來特別投射情感的是南帆〈辛亥年的槍聲〉，寫福建閩侯人—林覺民。閩侯屬大福州市，我的祖籍林森縣，亦屬福州市，從小讀歷史，從未意識到原來林覺民是自己的同鄉，更不知道黃花崗七十二烈士裡竟然有這麼多自己的同鄉！林覺民住過的大宅院，後來住的屋主是謝冰心；林覺民有位遠房姪女——徐志摩愛慕的戀人林徽因……天啊，這篇文章給了我太多原鄉的線索！

　　最見散文功力的當屬韓少功〈山南水北〉，這文字從山南水北裡來，顯然吸收了天地精華，充滿奇思妙想，他說懷舊很貴，陽光很貴，葡萄憂鬱，梓樹很蠢……把種樹諸事寫得驚心動魄，真是奇文。

　　這是一卷從大地山水裡長出的文字！

　　　　　　　　宇文正，散文家，聯合報副刊組主任

賈平凹小傳

賈平凹，（1952-）當代作家，原名賈平娃，陝西丹鳳人。1975 年西北大學中文系畢業後任陝西人民出版社文藝編輯、《長安》文學月刊編輯。1982 年後從事專業創作。任中國作協理事、作協陝西分會副主席等職。著有小說集《兵娃》、《姐妹本紀》、《山地筆》、《野火集》、《商州散記》、《小月前本》、《臘月‧正月》、《天狗》、《晚唱》、《賈平凹獲獎中篇小說集》、《賈平凹自選集》，長篇小說《商州》、《州河》、《浮躁》、《廢都》、《白夜》，自傳體長篇《我是農民》等。散文集《月跡》、《心跡》、《愛的蹤跡》、《賈平凹散文自選集》，詩集《空白》等。他的《臘月‧正月》獲中國作協第 3 屆全國優秀中篇小說獎；《滿月》獲 1978 年全國優秀短篇小說獎。他於 1988 年獲美國飛馬文學獎。1997 年獲法國女評外國文學獎。賈平凹小說描寫新時期西北農村，特別是改革開放後的變革。視野開闊，具有豐富的當代中國社會文化心理內蘊，富於地域風土特色，格調清新雋永，明朗自然。

評委會評語

賈平凹的散文創作一直影響著廣大讀者。他關注社會、民生、民情，之所以散文不僅要有意義，也要有意思，因而《賈平凹長篇散文精選》閱讀起來都有其可讀性及可悟性。樸實而機智、沉厚而鮮活，構成了這部散文集的主要特色。

老西安（節選）
賈平凹

　　當我應承了為老西安寫一本書後，老實講，我是有些犯難了，我並不是土生土長的西安人，雖然在這裡生活了 27 年，對過去的事情卻仍難以全面了解。以別人的經驗寫老城，如北京、上海、南京、天津、廣州，要憑了一大堆業已發黃的照片，但有關舊時西安的照片少得可憐，費盡了心機在數個檔案館裡翻騰，又往一些老古董收藏家家中搜尋，得到的盡是一些「西安事變」、「解放西安」的內容，而這些內容國人皆知，哪裡又用得著我寫呢？

　　老西安沒照片？這讓多少人感到疑惑不解，其實，老西安就是少有照片資料。沒有照片的老西安正是老西安。西安曾經叫做長安，這是用不著解說的，也用不著多說中國有 13 個封建王朝在此建都，尤其漢唐，是國家的政治、經濟、軍事、文化中心，其城市的恢宏與繁華輝煌於全世界。可宋元之後，國都東遷北移，如人走茶涼，西安遂漸漸衰敗。到了 20 世紀二三十年代，已經荒廢淪落到規模如現今陝西的一個普通縣城的大小，在僅有唐城 1/10 的那一圈明朝的城牆裡，

街是土道，舖為平屋，没了城門的空門洞外就是莊稼地，胡
基壕，蒿丘和澇地，夜裡有貓頭鷹飛到鐘樓上叫嘯，肯定有
人家死了老的少的，要在門首用白布草席搭了靈棚哭喪，而
黎明出城去報喪的就常見到狼拖著掃帚長尾在田埂上遊走。
北京、上海已經有洋人的租界了，蹬著高跟鞋拎著小坤包的
摩登女郎和穿了西服掛了懷錶的先生們生活裡大量充斥了洋
貨，言語裡也時不時夾雜了「密司特」之類的英文，而西安
街頭的牆上，一大片賣大力丸、治花柳病、售虎頭萬金油的
廣告裡偶爾有一張兩張胡蝶的、阮玲玉的燙髮影照，普遍地
把火柴稱做洋火，把肥皂叫成洋鹼，充其量有了名為「大
芳」的一間照相館。去館子裡照相，這是多麼時髦的事！民
間裡廣泛有著照相會攝去人的魂魄的，照相一定要照全身，
照半身有殺身之禍的流言。但照相館裡到底是怎麼回事，
9.9/10 的人只是經過了照相館門口向裡窺視，立即匆匆走
過，同當今的下了崗的工人經過了西安凱悅五星級大酒店門
口的感覺是一樣的。一位南郊的 90 歲的老人曾經對我說過
他年輕時與人坐在城南門口的河壕上拉話兒，緣頭是由「大
芳」照相館櫥窗裡蔣介石的巨照說開的，一個說：蔣委員長
不知道一天吃的什麼飯，肯定是頓頓撈一碗乾面，油潑的辣
子調得紅紅的。他說：我要當了蔣委員長，全村的糞都要是
我的，誰也不能拾。這老人的哥哥後來在警察局裡做事，得
勢了，也讓他和老婆去照相館照相，「我一進去，」老人
說，「人家問全光還是側光？我倒嚇了一跳，照相還要脫光

衣服?! 我說,我就全光吧,老婆害羞,她光個上半身吧。」

正是因為整個老西安只有那麼一兩間小小的照相館,進去照的只是官人、軍閥和有錢的人,才導致了今日企圖以老照片反映當時的民俗風情的想法落空,也是我在寫這本書的時候首先感到了老的西安區別於老的北京、上海、廣州的獨特處。

但是,西安畢竟是西安,無論說老道新,若要寫中國,西安是怎麼也無法繞過去的。

如果讓西安人說起西安,隨便從街上叫住一個人吧,都會眉飛色舞地排闥:西安嘛,西安在漢唐做國都的時候,北方是北夷呀,南方是南蠻吧。現在把四川盆地稱「天府之國」,其實「天府之國」最早說的是我們西安所在的關中平原。西安是大地的圓點。西安是中國的中心。西安東有華岳,西是太白山,南靠秦嶺,北臨渭水,土地是中國最厚的黃土地,城牆是世界上保存最完整的古城牆。長安長安,長治久安,從古至今,它被水淹過嗎?沒有。被地震毀壞過嗎?沒有。日本鬼子那麼兇,他打到西安城邊就停止了!據說新中國成立時選國都地,差一點就又選中了西安呢。瞧瞧吧,哪一個外國總統到中國來不是去了北京、上海就要來西安嗎?到中國不來西安那等於是沒真正來過中國呀!這樣的顯派,外地人或許覺得發笑,但可以說,這種類似於敗落大戶人家的心態卻頑固地潛藏於西安人的意識裡。我曾經親身經歷過這樣一幕:有一次我在一家賓館見著幾個外國人,他

們與一女服務生交談，聽不懂西安話，問怎麼不說普通話
呢？女服務生說：「你知道大唐帝國嗎？在唐代西安話就是
普通話呀！這時候一隻蒼蠅正好飛落在外國一遊客的帽子
上，外國人驚叫這麼好的賓館怎麼有蒼蠅，女服務生一邊趕
蒼蠅一邊說：沒瞧這蒼蠅是雙眼皮嗎，它是從唐朝一直飛過
來的！

　　西安人凡是去過鎮江的北固山的，都嘲笑那個梁武帝在
山上寫著的「天下第一江山」幾個字，但我在北京卻遭遇到
一件事，令我大受刺激。那是我第一次去北京，我要去天橋
找個熟人，不知怎麼走，問起一個袒胸露乳的中年漢子「同
志，你們北京天橋怎麼去？」他是極熱情的，指點坐幾路車
到什麼地方換坐幾路車，然後順著一條巷直走，向左拐再向
右拐，如何如何就到了。指點完了，他卻教導起了我：「聽
口音是西安的？邊遠地區來不容易啊，應該好好逛逛呀！可
我要告訴你，以後問路不要說你們北京天橋怎麼走，北京是
我們的，也是你們的，是全國人民的，你要問就問：同志，
咱們首都的天橋在什麼地方，怎麼個走呀！」皇城根下的北
京人口多麼滿，這一下我就憋咧。事隔了 10 年，我在上海，
更是生了一肚子氣，在一家小得可憐的旅館裡住，白天上街
幫單位一個同事捎買衣服，跑遍了一條南京路，衣服號碼都
是個瘦，沒一件符合同事腰身的。「上海人沒有胖子」，這
是我最深刻的印象。夜裡回來，門房的老頭坐在燈下用一個
滷雞腳下酒喝，見著我了硬要叫我也喝喝，我說一個雞腳你

嚼著我拿什麼下酒呀，他說我這裡有豆腐乳的，拉開抽屜，拿一根牙籤扎起小碟子裡的一塊豆腐乳來。我笑了，沒有吃，也沒有喝，聊開天來。他知道了我是西安人，眼光從老花鏡的上沿處盯著我，說：西安的？聽說西安冷得很，一小便就一根冰枴杖把人撐住了？！我說冷是冷，但沒上海這麼陰冷。他又說：西安城外是不是戈壁灘？！我便不高興了，說，是的，戈壁灘一直到新疆，出門得光膀子穿羊皮襖，野著嗓子拉駱駝哩！他說：大上海這麼大，我還沒見過駱駝的呢。我哼了一聲：大上海就是大，日本就自稱大和，那個馬來西亞也叫做大馬的……回到房間，氣是氣，卻也生出幾分悲哀：在西安時把西安說得不可無一，不可有二，外省人竟還有這樣看待西安的？！

當我在思謀著寫這本書的時候，困擾我的還不是老照片的缺乏，也不是頭痛於文章從哪個角度切入，而真的不知如何為西安定位？我常常想，世上的萬事萬物，一旦成形，它都有著自己的靈魂吧。我向來看一棵樹一塊石頭不自覺地就將其人格化，比如去市政府的大院看到一簇樹枝柯交錯，便認定這些樹前世肯定也是仕途上的政客；在作家協會的辦公室看見了一隻破窗而入的蝴蝶，就斷言這是一個愛好文學者的冤魂。那麼，城市必然是有靈魂的，偌大的一座西安，它的靈魂是什麼呢？

翻閱了古籍典本，陝西是被簡稱秦的，秦原是西周邊陲的一個古老部落，姓嬴氏，善養馬，其先公因為周孝王養馬

有功而封於秦地的。但秦地最早並不屬於現在的陝西,歸甘肅省。這有點如陝西人並不能自稱陝人,原因是陝西實指河南陝縣以西的地方一樣。到了春秋時期,秦穆公開疆拓土,這下就包括了現在陝西的一些區域,並逐漸西移,秦的影響便強大起來,而在這遼闊的地區內自古有人往來於歐亞之間,秦的聲名隨戎狄部落的流徙傳向域外,鄰國於是稱中國為秦。所謂的古波斯人稱中國為賽尼,古希伯來人稱中國為希尼,古印度人稱中國為支那、震旦,其實全都是秦的音譯。到了秦始皇統一中國,「逼逐匈奴,威震殊俗,匈奴之流徙極遠者往往至今歐北土……彼等稱中國為秦,歐洲諸國亦相沿之而不改」。秦的英語音譯也就是中國。中國人又稱為漢人,中國的語言稱漢語,國外研究中國學問的專家稱之為漢學家,日本將中醫也叫做漢醫,那麼,漢又是怎麼來的呢?劉邦在秦亡以後,被項羽封地在陝西漢中,為漢王,劉邦數年後擊敗了項羽,當然就在西安建立了漢朝,漢朝到了漢武帝時期,國力鼎盛,開闢了絲綢之路,絲綢人都自稱為漢家臣民,西方諸國因此就稱他們為漢、漢人,沿襲至今。而歷史進入唐代,中國社會發展又是一個高峰期,絲綢之路更加繁榮,海上交通與國際交往也盛況空前,海外諸國又稱中國人為唐人。此稱謂一直延續,至今美國的紐約、舊金山,加拿大的溫哥華,巴西的聖保羅,澳大利亞的墨爾本,以及新加坡等地,華僑或外籍華裔聚居的地方都叫唐人街。

世界對於中國的認識都起源於陝西和陝西的西安,歷史

的座標就這樣豎起了，如果不錯的話，我以為要了解中國的近代文明那就得去北京，要了解中國的現代文明得去上海，而要了解中國的古代文明卻只有去西安了。西安或許再也不能有如秦、漢、唐時期在中國的顯赫地位了，它在 18 世紀衰弱，20 世紀初更是荒涼不堪，直到現在，經濟發展仍滯後於國內別的省份，但它因歷史的積澱，全方位地保留著中國真正的傳統文化（現在人們習慣於將明清以後的東西稱為傳統，如華僑給外國人的印象是會功夫，會耍獅子龍燈，穿旗袍，唱京劇，吃動物內臟，喝茶喝燒酒等，其實最能代表中華民族的東西在漢唐），使它具有了渾然的厚重的蒼涼的獨特風格，正是這樣的靈魂支撐著它，氤氳籠繞著它，散發著魅力，強迫得天下人為之矚目。

有一句老話：南方的秀才北方的將，陝西的黃土埋皇上。我去過江浙一帶，每到一縣，令我瞠目結舌的是那裡的博物館裡差不多都有幾個以及幾十個中過狀元的名單表，而漫長的科舉年代，整個陝西僅只有康海和王鐸兩個狀元，據說一個還有後門之嫌。可陝西的黃土的確也是厚的，在西安之東的黃河邊，隨處便見幾百米高的岸層盡是黃土，無一拳大的砂石；西安郊外的水井，井臺上都架有巨大的軲轆，兩個人或四個人抱著軲轆絞動半天才能絞上一桶水。在這厚土上，氣脈沉綿，除了人文始祖軒轅黃帝墓和始皇嬴政墓外，單是圍繞著西安的漢唐兩代的帝王陵墓竟多達 30 餘座，如

漢高祖劉邦的長陵，漢武帝劉徹的茂陵，唐太宗李世民的昭陵，唐高宗李治和皇后武則天的乾陵。這些陵墓，唐時是以真山為陵，遍佈於渭北平原的蒲城、富平、三原、涇陽、禮泉、乾縣，而漢陵除文帝灞陵是以土塬為墳之外，其他均是在咸陽塬上人工築成的方尖錐形大土墳，頗有類於埃及的金字塔。墳堆經過 2000 多年的雨水沖擊和人為的破壞，墓基業已縮小，尖錐早不整齊，可望去仍如山丘。關中平原的地下是沒有什麼礦藏的，它只長莊稼和皇陵，莊稼是供人生存吃糧的，皇陵埋葬著王朝的象徵。如果說埋一顆種子可以生長草木，那麼埋下一個王朝的象徵而生長出的就是王氣，這恐怕也是明清之後陝西少有秀才的緣故吧，學文從藝畢竟是一樁「雕蟲小技」啊。

15 年前的一個禮拜日，我騎了自行車去渭河岸獨行，有一處的墳陵特別集中，除了有兩個如大山的為帝陵外，四周散落的還有六七個若小山的是那些伴帝的文臣武將和皇后妃子的墓堆，時近黃昏，夕陽在大平原的西邊滾動，渭河上黃水湯湯，所有的陵墓被日光蝕得一片金色，我發狂似地蹬著自行車，最後倒在野草叢中哈哈大笑。這時候，一個孩子和一群羊就站在遠遠的地方看我，孩子留著梳子頭，流一道鼻涕在嘴唇上，羊鞭拖後，像一條尾巴。我說：「嗨，碎人，碎人，哪個村裡的？」西安的土話「碎」是小，他沒有理我。「你耳朵聾了沒，碎人！」「你才是聾子哩！」他頂著嘴，提了一下褲子，拿羊鞭指左邊的一簇村子。關中平原上

的農民住屋都是黃土板築的很厚的土牆，三間四間的大的入深堂房是硬四椽結構，兩邊的廂房就為一邊蓋了，如此形成一個大院，一院一院整齊排列出巷道。而陵墓之間的屋舍卻因地賦形，有許多人家直接在陵墓上鑿洞為室，外邊圍一圈土坏院牆，長幾棵彎脖子蒼榆。我猜想這一簇一簇的村落或許就是當年的守墓人繁衍下來所形成的。但帝王陵墓選擇了好的風水地，陰穴卻並不一定就是好的陽宅地，這些村莊破破爛爛，没一點富裕氣象，眼前的這位小牧羊人形狀醜陋，正是讀書的年齡卻在放羊了！我問他：「怎麼不去上學呢？」他說：「放羊哩嘛！」「放羊為啥哩？」「擠奶嘛！」「擠奶為啥哩？」「賺錢嘛！」「賺錢為啥哩？」「娶媳婦嘛！」「娶媳婦為啥哩？」「生娃嘛！」「生娃為啥哩？」「放羊嘛！」我哈哈大笑，笑完了心裡卻酸酸的不是個滋味。

關中人有相當多的是守墓人的後代，我估計，現在的那個有軒轅墓的黃陵縣，恐怕就是守墓人繁衍後代最多的地方。陝西埋了這麼多皇帝，輔佐皇帝創業守成的名臣名將，也未必分屬江南、北國，倒是因建都關中，推動了陝西英才輩出，如教民稼穡的后稷，治理洪水的大禹，開闢絲綢之路的張騫，一代史聖司馬遷，僅以西安而言，名列《二十四史》的人物，截至清末，就有一千多人。這一千多人中，帝王人數約占5%，絕大部分屬經邦濟世之臣，能征善戰之將，俠肝義膽之士，其餘的則是農學家、天文學家、醫學家、史學家、訓詁學家、文學家、畫家、書法家、音樂歌舞藝術

家，三教九流，門類齊全。西安城南的韋曲和杜曲，實際上是以韋、杜兩姓起名的，歷史上韋、杜兩大户出的宰相就40人，加上名列三公九卿的大員，數以百計，故有「城南韋杜，去天尺五」之說。

　　騎著青牛的老子是來過西安的，在西安之西的周至架樓觀星，築台講經，但孔子是「西行不到秦」的。孔子為什麼不肯來秦呢，是他畏懼著西北的高寒，還是仇恨著秦的「狼虎」？孔子始終不來陝西，漢唐之後的陝西王氣便逐漸衰微了。民間的傳說裡，武則天在冬日的興慶宮裡命令牡丹開花，牡丹不開，逐出了西安，牡丹從此落户於洛陽，而城中的大雁塔和曲江池歷來被認為是印章和印泥盒的，大雁塔雖有傾斜但還存在，曲江池則就乾涸了。到了20世紀，中國的天下完全成了南方人的世事，如果說老西安就從這個時候說起，能提上串的真的就沒有幾個人物了。

李存葆小傳

李存葆，1946 年生，山東五蓮人，1964 年入伍，1986 年畢業於解放軍藝術學院文學系。新時期以來，已發表二百餘萬字的文學作品。中篇小說《高山下的花環》獲全國第二屆優秀中篇小說獎；《山中，那十九座墳塋》獲全國第三屆優秀中篇小說獎；參加改編的電影《高山下的花環》獲全國第五屆「金雞獎」最佳編劇獎。另有長篇報告文學《大王魂》、《沂蒙九章》（與王光明合作）獲全國報告文學獎。其兩部中篇小說被譯成美、法、日、英、俄等多國文學。1989 年美國嘉蘭德出版公司出版的 20 本世界文學叢書中，收有《高山下的花環》。

現為全國政協委員、中國作家協會副主席、解放軍藝術學院副院長。

評委會評語

李存葆的《大河遺夢》裡黃鐘大呂之作，大境界，大氣魄。其作品題材大多關涉到生態環境的污染，經典愛情的嚮往、傳統美德的堅守，由於他作品中人民性、民族性的特點，故影響大，覆蓋面廣，受到廣大讀者的喜愛。

大河遺夢（節選）
李存葆

一

　　黃河，在炎黃子孫的心目中，當是一條無出其右的聖河。這聖河早已演變成一種偌大的文化符號，凝結在華夏歷史與傳統的骨髓中，流動在東方文明的血脈裡。

　　久居泉城的我，自是對黃河情有獨鍾。大河那赭黃色的波濤，曾馱載過我惬懷的喜悅；大河那豪邁的奔湧，曾賦予我噴泉般的激情；大河那冰凌乍開的威猛，曾令我駭異怪訝；大河那千里金堤上的響楊亮桐，也曾多次撩撥起我挈妻將兒前往捕蟬聽雀的稚趣……樂土總是在水一方。濟南因了大河的溉澤，才有 72 名泉的噴突，大明湖垂柳的婀娜，千佛山花木的葳蕤；才有北園菜蔬的嬌嫩，章丘大葱的肥碩，明水貢米的清香，乃至黃河四鼻孔鯉魚的豐腴與鮮美……

　　進入 90 年代以來，有關黃河徑流山東段的斷流訊息，屢見報章。是怕看到母親河那金黃、厚重而神秘的衣飾被旱魃掀揭於世，也是怕流失掉我幼時便萌生的對這大河的敬

畏，故而每屆枯水時節，我從不願涉足黃河，即使乘車路過濟南黃河大橋時，也不敢向夢繞魂牽的大河投去匆匆一瞥。

丙子年5月底，東營市的朋友邀我到黃河口參加一文學活動。是年，山東遇到80載未曾有的大旱。沿途所經之處，禾苗盼甘霖而斷頸，百姓望雲霓而折腰。當轎車沿墾利縣的黃河大堤東行時，我害怕目睹的情景終於逼入視野：寬綽的河床早已乾涸，袒露著一絲不掛的醜陋。時見仨一團兒、七一夥兒的農民兄弟在河床裡挖沙，拖拉機、地排車騰起的沙霧遮天蔽日；時見頭戴用柳枝兒編成頭環的半大小兒，牽著馬轟著牛趕著豬在大堤下的河床邊放青，牛兒馬兒啃噬著那大半枯黃少許暗綠的野葦和茅草，豬兒拱著那剛剛出土的野菜……車近墾利縣城時，道路遇阻，下得車來，但見河床中，一連戰士正摸爬滾打，汗水濕透了沾滿黃土的戎裝，並在他們灰濛濛的臉上劃下了道道正在下滴的驚嘆號；大堤近側的河床裡，牧羊者正在「團羊晒膘」，一大片綿羊僵臥成不規則的圓圈兒，集體忍受著火的煉獄；大堤上的樹蔭下，一隻狗兒為逃避烈日的威焰，雙目微閉趴在那裡，伸著長舌哈噠哈噠地喘著，微弱的氣息更增添了幾分沉悶；數隻知了躲在晒蔫了的枝葉間，偶爾發出幾聲沙啞的鳴叫，似在詛咒這暑氣熏蒸、枯竭乾亢的大河，難以氤氳出一滴甘露來濡濕它們的歌喉……

斯情斯景，我彷彿遭受到雷轟電擊般的震撼。

黃河，這就是「黃河西來決崑崙，咆哮萬里觸龍門」[1]

的黃河嗎？

　　黃河，這就是「黃河之水天上來，奔流到海不復回」[2]
的黃河嗎？

　　黃河，這就是「天生聖人為萬世，驚濤拍岸鳴春雷」[3]
的黃河嗎？

　　黃河，這就是「勁催雙櫓渡河急，一夜狂風到海邊」[4]
的黃河嗎？

　　黃河，這就是「桃花水漲沖新渠，船船滿載黃河魚」[5]
的黃河嗎？

　　置身這焦枯龜坼的大河河床上，我如同陷進寂寥索寞的
死亡之谷。往昔我對母親河的憧憬、想像與敬畏以及大河留
給我的那些曼妙的夢境，彷彿一下被這灼熱的河床烤乾凝固
了。

二

　　入夜，心情沮喪的我下榻河口招待所。這裡曾是大河與
大海的親吻點，曾是金濤和碧波的擁抱處。往昔來此小住，
月夜聽濤，別有情趣。我甚至能從濤聲裡分辨出哪是河的歡

1　唐・李白〈公無渡河〉。
2　唐・李白〈將進酒〉。
3　金・段克己〈戊申四月游禹門有感〉。
4　明・李東陽〈過黃河〉。
5　清・查慎行〈黃河打漁詞〉。

唱，哪是海的豪歌。此時，雖無月華拂窗，但仍有海濤聲隱隱入耳，濤聲纏綿而舒揚，可在我聽來是那般單調，因為這濤聲裡失卻了大河的合弦。

惚兮恍兮，朦朦朧朧。我像在做著一場夢。人間的夢與醒，大河的幻與真，歷史的虛與實，現實的顯與隱，一起在我腦中幻化疊印……

我雖未走遍黃河的全程，但對萬里九曲之黃河，熟悉得如同自己的母親。

黃河，你從巴顏喀拉山流出後，一路噴珠濺玉，款款前行。當你騰躍下青海高原後，愈來愈威風凜凜，疏狂不羈。你這孔武的東方巨龍，以銅頭鐵臂撞開八大峽谷，用尖牙利齒撕碎黃土高原。巉岩壁立的劉家峽裡，你龍尾一甩，捲起千堆雪；嵯峨陡峻的青銅峽中，你龍身一抖，攪起萬疊浪；至壺口，你一聲短吟，撩起瀉天瀑布；抵龍門，你長吼一聲，喚來動地狂飆……趨行到華北大平原，你才得以舒展一下那碩大無朋的身軀，即是閒庭信步走東海，仍不失大河傲然於世的渙渙之風……你所到之處，無不潑灑下奔瀉征服的快感，無不閃耀著獨一無二的個性。你徑流的峰谷岇梁裡，無處不留有你仁慈與暴戾的標記；你懷抱的城邑屯落中，到處都刻有你毀滅與創造的印痕……

黃河，你是太平洋水系的一條大河，你是「四瀆之宗」[6]，

6　古稱長江、黃河、淮河、濟水為四瀆。《漢書‧溝洫志》：「中國川原以百數，莫著於四瀆，而河為宗」。

你乃百水之首！斷流，你怎麼會斷流呢？

黃河，我知道，今夜我這下榻處，20 年前還是一片汪洋。黃河，在世界所有大河中，只有你的身軀裡是「一石水，六斗沙」，但你從不告勞，最能忍辱負重，你沖下黃土高原後，果敢地攪拌著金色的乳，縱情地旋轉著黏稠的血，一路東下，東下……你一年從黃土高原擄獲的泥沙多達 16 億噸，倘若將之堆成兩米高一米寬的牆垣，可繞地球 20 多圈。遼闊的華北平原，是你古老的得意之作；有著 6000 平方公里面積、600 萬畝草原的「近代黃河三角洲」，是你銅瓦廂決口改道後近百年來的即興之篇；直到現在，你仍借豐水季節，每年都在這河口處，信手捧出 30000 餘畝的「小品」。黃河，你不經意抖下的泥沙，竟使豫、魯地段的河床年年增高，使一條空中懸河成為全球奇觀，曾是那樣令人驚魂蕩魄……黃河，在中華大地上，唯有你才稱得上是無所顧忌、任情揮灑、硬黃勻碧的大手筆！

黃河，你是造陸運動的先驅，你是移山填海的英雄！在你帳下，愚公會俯首稱臣，精衛會頂禮膜拜！黃河，你這力能回天的大河，斷流，你怎麼會斷流呢？

黃河，在顫抖的悠悠歲月裡，你賦予中華民族的一半是血淚，一半是黃金。雨果說的「大自然的雙面像」，在你身上展示得無以復加、淋淋滴滴。翻開塵封的萬簽插架的典籍，搜尋有關你的書頁，不論正面反面，都醒目地寫著：水患！水患！你是那般性情不定、喜怒無常，一有煩惱，就以

蕩堤決口為快事；稍有觸犯，你就更輒易道大發洩。兩千五百多年來，你隨意決口多達 1549 次，強行大改道竟有 26 遭！你曾北走天津，你曾南下江淮。古城開封不知觸疼了你哪根神經，你對它總是耿耿於懷。你曾驚濤橫空，6 次漫灌開封；你曾濁浪摩天，兩度使開封淪為地下城。最殘忍的莫過於李自成義軍包圍古城時，你怒髮衝冠的那一幕：明王朝本來氣數已盡，駐守古城的明周王卻妄想「以水代兵」，從不受制於人的你，焉能聽從昏庸無道者的擺佈。掘堤人僅在你身上劃了道小口子，你就不問青紅皂白，將一座方圓幾十里的中原古都統統埋於地下，使 34 萬開封百姓成為水下冤魂……殷鑒不遠，又有人企圖將你當做「借用力量」：1938 年，為抵禦日倭進攻，駐屯在花園口的國民黨軍隊，僅在你臂上戳了個小窟窿，盛怒之下的你，竟一路咆哮奔東南，致使豫、皖、蘇三省的 44 個縣成了水鄉澤國，釀成了震驚中外的大慘劇……

黃河，人們談你色變、畏你如虎。今日，你怎會讓牛們馬們在你懷裡戲耍，讓豬兒羊兒在你懷中摩挲呢？

黃河，近半個世紀以來，華夏兒女用熾熱的愛心擁抱你，人們贈你一份厚愛，你總是回以十倍的報償。你越來越具有慈母之儀長者之風了。人們延頸舉踵，懸望的是你由濁變清，轉黃為綠。你，怎麼陡生鐵石心腸，戛然斷流呢？

我難以接受這冷酷的存在。

炎黃子孫難以接受這嚴峻的現實。

齊魯大地更是難以接受這沉重的一擊。

然而，你的斷流卻是我置身所感，觸目所及。

黃河斷流始於 1972 年 6 月。斯時，聯合國正召開人類水危機問題會議，像為印證會議命題之必要，黃河於河口地段斷流半月。此後的 24 年間，黃河竟有 18 年斷流。進入 90 年代，黃河年年斷流，斷流時間愈來愈提前，天數愈來愈增多；斷流地段溯河而上，現已拓展到河南封縣，並直逼曾飽嚐水漬之苦的開封……

誰曾承想，有著 300 萬年河齡的黃河，在其上游也曾顯現過生命的斷片：1986 年秋至 1987 年春，因龍羊峽水電站大壩下閘蓄水，使龍羊峽到劉家峽的五百里黃河，水枯河乾。這是開天闢地以來，黃河在上游首次向人間洞開其神秘的「河府」。「河府」乃花崗岩組成的石林，石林之石千姿百態，各臻其妙。在這落差極大的河床上，無根石絕不可能滯留，河床上的每塊石頭都與河床同石而生，筋骨相連，天衣無縫。這些河底石，經黃河激流萬古不息的沖刷、琢磨，光滑滑，青粼粼，亮鋥鋥。更令人驚異的是，在石林的縫隙中、幽洞裡，有大浪淘沙後遺下的黃金。斷流第三日，某牧民揀到燦燦黃金一塊，獻給國家，得款 5000。消息風傳，數萬青、甘兩省牧民，蜂擁而至。在斷流 4 個月的時間裡，神秘的「河府」中揹裳連袂，天天湧淌著揀金的狂潮……

黃河斷流，使有巢氏的子孫們盡情挖取廉價的黃沙，去構築安樂小窩；也使那羌人的後裔們在短暫的「黃金夢」中

怡然自得。但有多少人會去認真地思索：黃河斷流，我們這個民族已經失去和將要失去的會是些什麼呢？

三

翌晨，我乘車向河門奔去。往昔盛夏，我到河門都是乘船，今日卻要以車代舟了。明知此去會徒勞往返，但懷舊的情感仍驅使我去鉤流逝之波影，稽遺落之夢痕……

在河門，要目睹滾滾金濤與淼淼碧波交融的壯觀，須在大海漲潮之時。海潮溯河西上，洶湧澎湃，大河傾瀉東下，咆哮飛騰。抑或相見恨晚熾情如火，抑或擁抱過猛如膠投漆，金濤與碧波親澤時托起的浪湧，陡漲陡落，匐然作金石之聲。情感的波濤蕩漾著、拓展著，長河在這裡找到了永恆歸宿，大海在這裡覓到了流水知音……金濤與碧波聯姻後，在我目所能及的近海，構成了一道長長的黃藍分明的風景線，即使再高超的丹青妙手，也難以調配出那美輪美奐的瑰麗。

今又站在河門，良辰美景難再。遠處，雖仍是一片蔚藍，但失戀了的大海激情衰退，顯得無精打采。腳下，一望無垠的泥灘上，長滿了委靡不振的黃蓿菜，溝溝汊汊裡盛著死寂的幽藍。陪同者告訴我，那幽藍的東西是倒灌回來的海水。但在我眼裡，那分明又是大海哭大河甩下的又苦又鹹的淚滴。

我與大河有著化不開的情愫。

六七十年代，我就深深眷戀上大河新造的這片土地。我

稔知這年輕三角洲的春夏秋冬。夏日裡，蘆葦菖蒲紅柳鹽蒿會嘎嘎響著朝藍天瘋長；軍馬場裡的馬們被蒼翠欲滴的苜蓿撐得滾瓜溜圓，止不住揚鬃抖蹄；那300里槐林聯袂結成的碧綠長陣，既為油田那高高的鑽塔和向行人頻頻頷首的採油機遮風擋沙，也為那大群大群的牛羊圍起了樂園……

最令我難忘的是60年代末的那次春捕。當一河春水在兩岸紅花綠柳的歡送中浩浩東下時，那滿河春魚也在大海藍波碧浪的簇擁下攢攢西上。一時間，黃河口成了魚蝦蟹貝盛會的通衢。四方漁民駕著機帆船，驅著舴艋舟，蕩著槳櫓，撥著筏子，雲集河口。他們在河心撒下掛網、拖網、旋網，在堤下佈下竹網、竹筐、圍箔，盡興地打撈著河海的豐饒，忘情地收穫著春汛的充盈。金鯉、黃鯽、灰梭、白鰻、紅眼頓、毛鯯魚……頭碰頭，尾撞尾，沸反盈河。我隨軍馬場的捕魚船躋身河上，一網拋下，便打得毛鯯3000餘數，幾網攏來，滿艙的魚便壓得船沿幾與水面齊平。周圍的船兒，也都船船艙滿人歡。有老漁民對我說，剛解放那陣兒，這河口的魚更多，每到桃花汛，一網撒下拽到船邊拖也拖不動，人就跳到網上倒魚，網裡的魚能將人馱住，彷彿水有多深魚就有多厚……

毛鯯乃黃河魚中極品，長不盈尺，寬剛過寸。毛鯯三月從海中游來，溯河而上，到東平湖產卵，幼魚長成後又重歸大海，因它兼掠淡鹹兩魚之美，故味道猶為鮮醇。毛鯯油脂含量頗高，煎時無需使油。當年，每來河口，我總能在集鎮

上見到攤挨攤的叫賣者，他們皆支盤鳌子，將毛鲚放諸鳌上，眨眼工夫，鳌上便魚油瀰散，嗞嗞作響，發出誘人之香。購得一條，細細品哂，其香郁郁，其味馥馥，妙不可言。乃至 30 年後的今天，我彷彿仍覺得齒頰留有毛鲚的清香……

有漁業專家告訴我，50 年代，山東的黃河裡，有魚達 147 種，還有蟹類蝦類和貝類，是一個流動的「水族館」。淡水蟹中珍貴者，當黃河絨鳌蟹莫屬。絨鳌蟹每屆秋日順河而下，初春在渤海產卵，幼蟹長成後復歸大河。20 年前，我曾幾次隨朋友到黃河邊捉蟹：秋夜，我們將數隻竹簍倒置河旁，每簍各懸馬燈一盞，用一長竿斜插河沿，一頭觸水，一端著簍，蟹好燈光，便順竿入簍。是時，秋蟹正熟，殼凸紅膏，鳌封嫩玉，隻隻都是肥臍。一蟹上桌百味淡，我們盡情饗餐，直如聖人聞韶樂，三月不知肉味……

悲矣痛哉！山東黃河高頻率地全線斷流，不僅使這一河段的魚蝦蟹貝蕩然無存，也使毛鲚、絨鳌蟹等珍貴洄游生物失去了生命的通道。黃河斷流，禍及渤海。渤海本係海中魚蝦的大繁殖場，因缺乏黃河湧來的有機質餌料，使洄游的魚蝦或充類滅絕或移情別戀，造成了渤海生物鏈的大斷裂……

曾是檣帆為路、驚濤為程的黃河之斷流，不僅消失了那裊裊漁歌，失去了那片片帆影，乾渴的燥熱也常常攪起下游兩岸的騷動與不安。十年九旱的山東，這些年來農業連年豐收，穰穰滿家，綽有餘裕，是得惠於大河的膏澤；工業蒸蒸

日上，勃興突起，敢與廣東、江蘇相頡頏，也不乏黃河的襄助之功。然成也黃河敗也黃河，憂也黃河樂也黃河。進入 90年代，黃河斷流的巨大魔影，不時地籠罩著齊魯大地。1992年那次斷流，全仗黃河水支撐的東營、濱州兩市，在停止生產用水的情況下，飲用水僅能維繫 7 日，連揮汗成雨的石油工人，飲水也限時限量供給；那道道壟畝，座座工廠，無不沙啞地呼喊著乾渴⋯⋯1995 年的斷流魔影，恢廓到德州、濟南。德州的大半企業停產 2 月，禍祟慘沮，使滿城上下魂難守舍；濟南郊區的稻農也因痛失了插秧季節，望著乾裂的田地心如湯煮⋯⋯黃河斷流，那潛在的隱患更令人心折骨驚：有專家說，黃河每次斷流不啻一次決口。這是因為，斷流前水量的減少加劇了泥沙的淤積。黃河濟南段的河床，6 年來便增高了近兩米，河床已與矗立在市中心的百貨大樓等高。一有不測，那開封淪為地下城的歷史悲劇，也會在泉城重演。黃河長時間斷流，還會導致下游灘區的沙漠化，地下水補源斷絕使海水不斷入侵，海岸草地將大面積蝕退，黃河三角洲自然保護區行將消失，潔白的天鵝會琵琶別抱，另嫁他鄉。中國的版圖上，又將少了一片勃發的綠洲，多了一片死寂的沙漠⋯⋯

　　黃河斷流，蓋源於整個大河兩岸需水量的劇增。甘肅、寧夏，向為乾旱之地。如今兩省百姓，推廣旱作農業，大挖水窖，積蓄雨水，將天上來水滲進了高原之壤，這就切斷了黃河的「毛細血管」。上中游那瀉入黃河的百水千溪，也遭

受到「圍追堵截」，這又使黃河的「支脈血管」出現梗阻。黃河的「大動脈」，更是被上攔下引南抽北吸……在山東段的黃河兩岸，天津乾渴，呼喚黃河；青島乾渴，呼喚黃河；滄州乾渴，呼喚黃河；濰坊乾渴，呼喚黃河；煙台乾渴，呼喚黃河；平原乾渴，挖人工水庫引黃河水以蓄之；丘嶺乾渴，架飛天渡槽揚黃河水以注之……50年代，豫、魯的黃河兩岸僅有一流量每秒一立方米的引水小閘，而眼下，偌大的引水閘門竟逾千座，這些閘門，張著嗷嗷待哺的巨嘴，貪婪地吮吸著母親河的乳汁……

黃河，母親的河，我知道，是超量的哺育乾涸了你華富的青春，是晝夜的織績銷鑠了你豐爽的肌膚，是八方牽掛的奔波使你步履蹣跚，是困厄竭蹶的負重使你腰彎背駝……

哦，太陽老了。月亮老了。歷史老了。黃河，你也老了。

四

丙子6月初度，一場豪雨如注，泉城街巷，水深過膝。我的心海也隨之澎湃。帶著對大河奔流的渴望和對稼穡芊芊的尋找，我驅車來到距濟南十里開外的齊河境內的黃河大堤上。這裡有大河饋贈我的珍貴的記憶收藏。

放目河床，大河裡仍不見一朵浪花，這時我方感悟到自己忽略了一個最基本的常識：黃河下游河段乃空中懸河，沒任何支流注入，若無上游浩浩來水，哪有大河下游那煌煌烈烈的風姿。

　　黃河斷流，世人皆憂。農業專家所慮我慮之，水利專家所戚我戚之，漁業專家所恤我恤之，生態專家所患我患之。然而，對長於形象思維的作家來說，幽憂的是：倘若黃河長年斷流，我們會不會失卻夢的亮翼，美的長虹，力的彩練，詩的靈犀，乃至失卻浸潤民族靈魂和精神的故鄉。

　　黃河斷流，在我看來，我們首先失卻的當是對這條大河的神秘感。

　　魯之全境，豫之東南，皖之北中，古時統稱東夷。在東夷，由黃河生發出來的斑斕怪譎的神話，擴張著一個民族的豐富想像力。在這裡，伏羲從莽林中蜘蛛結網獲得靈感，發明漁具廣濟蒼生，他首創之「八卦」，至今仍是整個人類的深奧話題；在這裡，女媧繩蘸黃泥抖落泥點兒造人的傳說，流芳終古，她那煉五彩石補蒼天的故事，至今人們講來仍口角春風；在這裡，戰神蚩尤最先鍛造出劍矛刀戟戈弩，這些冷兵器不僅為後來的武士沿用幾千載，且至今仍在博物館裡昭示著歷代王朝的更迭興衰；在這裡，大禹揮動倚天之鋤疏浚洪患，他那「三過家門而不入」的赤忱，至今仍令一秉大公的仁人志士高山景行；在這裡，挾山超海的羿曾怒射九日，為人間留下了溫涼世界；姿容絕世的嫦娥也曾凌虛奔月，那御風舒展的衣袖，在人類的心靈裡架起一抹萬古不泯的彩虹……

　　黃河以它的神秘，凝結著藍田後裔的萬載憧憬，半坡兒女的千世嚮往，堯舜子孫的代代呼喚。黃河那些炳蔚華瞻的

神話，曾伴我度過了寂寞的少年時光，但我真正領略黃河的神秘和威嚴，則是 1969 年的那次凌汛……

是年一月，氣候無常。北有五次凜冽罡風南襲，南有四遭溫暾氣流北侵。寒暖交疊裡，冰封的黃河三開三合，釀成罕有凌汛。三門峽水庫為防凌蓄水，忍痛淹没當地大片良田，使水位超過警戒線，但山東齊河至鄒平的河段上，仍冰積如山，形成了長達 20 餘公里的兩大冰壩。冰壩卡冰堵水；冰水漫灘撞堤，水位超過 1958 年的特大洪峰，堤防出現滲水、管湧、洞漏，勢若厝火積薪。為防潑天大禍於未然，駐山東的陸軍、空軍、炮兵、工程兵動若脫兔，四方擁來。我作為隨軍記者，目睹了那場撼魂搖魄的「人冰大戰」。

當時，遠遠望去，冰封的大河像一條銀色的巨蟒，橫亙於千里沃野。近處細觀，那逐日砌疊起的架架冰山，或突兀於大河一側，或聳立於大河中央，水煙裊裊中，架架冰山，綿綿冰壩，澄瑩瀏亮，若瓊樓玉宇，光怪陸離，彷彿傳說中的龍宮顯現於大河之上。

暖風徐來，冰河裂開。傾耳細聽，初若銀瓶乍裂，戛玉敲金；繼若銅錢鐵板，喤喤鎗鎗；後似洛洛滾雷，穿堤裂岸，響遏行雲……冰河漸次分解，冰砣像海豚似巨鯨，在水中追逐，在河中沉浮。它們簇擁著，撞擊著，嘈嘈嘈嘈，發出千奇百怪的聲響：深沉若原始的定音鼓，激越如嘹亮的小銅號，哀怨似低回的提琴聲，淒婉像喑啞的木管鳴……時而是單音獨奏，時而是混聲交響，大河用神秘的音符，演奏出

雄渾的凌汛樂章……那隆起於大河的冰山冰壩，卻不為這沸反盈天的聲色所動，幾日暖風也難溶其金剛不壞之身，它們傲然蕭立，阻冰擋水，放任冰水漫灘，忍觀房屋倒圮，忍聽黎庶呼號……飛機凌空，在大河上下揚起道道衝天的冰柱；排炮轟鳴，炸得冰山冰壩玉鱗橫飛；工程兵的橡皮舟穿梭於冰河中，一船又一船地搶救被凌汛圍困的百姓……但冰山炸開重又凍結，冰壩摧毀復又合攏，軍民鏖戰 70 餘晝夜，方打通冰河溜道，使滿河春冰以雷霆萬鈞之勢呼嘯東去……

凌汛過後，有數不清的碩大冰砣橫臥豎立於河灘，像一群群擱淺的巨鯨陳屍光天霽月，而我 9 名工程兵勇士，卻在搶險中魂歸大河……

豪雨傾潑過的盛夏，我故地重遊，為的是重溫大河的神秘。但大河的「河府」裡仍空空如也，一覽無餘。神秘與威嚴同在，神秘與大美共存。神秘是誘發人類不斷追求的因子，大自然的神秘與壯美，也是我們這些困在水泥方塊中的現代人，那浮躁靈魂能得以小憩的最後一隅。黃河，斷流的黃河，你失卻了神秘便失卻了威嚴，失卻了大美，從而也使我們失去了一塊偌大的慰藉心靈的棲息地……

黃河，面對斷流的你，我深信，在你乾涸的河床下面，仍有我們民族不竭的心泉。你那滯重的赭黃色的波濤，曾拉彎了多少縴夫的脊背，曾洗白了多少舵工的鬢髮，曾嘶啞了多少舟子的喉頭……黃河，你分娩一切又湮沒一切，你哺育一切又撕碎一切，你包容一切又排斥一切。因了你的存在，

千百年來，詠嘆你的頌歌、憤歌、情歌、怨歌，此長彼消，不絕如縷；因了你的存在，中華民族憂患意識的潛流與你不息的波濤一起翻捲，流過商周秦漢，流過唐宋明清，直灌注入今人的心田。你使聖者垂思，你使智者徹悟。

黃河，老子從你懷抱裡走出，這位睿智無比的老翁，僅用一部五千言的《道德經》，便詮釋了宇宙萬物的演變，道出了多少「道法自然」的真諦……黃河，莊子從你臂彎裡脫出，這位枕石夢蝶的先哲，用外星人一樣的耳朵，去聞聽我們這顆星球上的天籟地音，用心靈去感悟神秘的自然，那燦若雲錦的辭章，那汪洋恣肆的著述，令今人讀來仍撲朔迷離……黃河，孔子從你的波濤中蕩來，這位生前四處碰壁的老頭兒，當今已被世界推為十大哲人之首，一部《論語》，曾被多少代統治者奉為「治國安邦平天下」的圭臬……黃河，孟子從你黃土上站起，這位首先提出「民貴君輕」思想的大儒，把儒家學說推上極致，使孔孟之道，歷兩千年譽毀而不衰……

黃河，我知道，只有你那氣貫長虹的肺活量，才能讓李白吟出那飛霆走雷的詩句，才能讓洗星海譜出那「風在吼，馬在叫，黃河在咆哮」的滂然沛然的樂章……

黃河，當今我們這個民族正處在歷史大轉型的緊要關口，我們需要黃河大米，需要黃河「毛蚵」，需要黃河絨螯蟹，需要你三角洲上那素衣縞服的天鵝……但我們更需要思想，需要智慧，需要精神王國的兩大驕子——哲學與詩。黃

河，當我們的物質大廈遍地聳立時，民族精神的大廈也應巍峨齊高。然而，君不見，有幾多「大款小蜜」流連於媚山秀水，出沒於豪館華樓，醺醉於名釀醇醪，沉湎於聲色犬馬……君不見，更有幾多城狐社鼠，形容猥瑣，爭利於市，爭權於朝，權錢交易，搜刮民膏，然仍能龍門一跳，白日升天，縱意奢靡，勝似昔日之公卿……

黃河，面對這個七色迷目、五聲亂耳、連空氣中也飄散著物化的浮囂之氣的世界，我不希望因了你的斷流，而使我們這個民族的憂患意識消弭，讓哲人停止思索；也不希望因了你的乾涸，而使詩人關閉了那能催人奮袂而起的激情的閘門……

黃河，我還知道，是你的黃濤黃浪黃泥黃土塑造了我們這個民族的風骨。你橫向流淌北方的大野，你縱向雕刻了中國的性格。那帶劍的燕客，那抱琵琶的漢姬，是你真正的兒女。你既能使「挑燈看劍」的赳赳武夫，高歌「夢回吹角連營」；也能使低吟「綠肥紅瘦」的纖纖弱女，賦一曲「生當做人傑，死亦為鬼雄」的絕唱……黃河，你用黃水養育出青海高原那會唱花兒的嬌娃，你用黃風抽打出內蒙草原那剽悍的騎手，你用黃浪沖刷出陝北那滿臉都是魚紋皺的堅韌農夫，你用驚濤鑄成山東大漢那青銅色的胸膛，你獅吼般的氣概，賦予我軍營士兵那鋼鐵般的神經；你一瀉千里的奔放，注入我油田鐵人那地火般噴突的豪情……

哦，黃河，我歷史的河，我文化的河，我心靈的河！當

我們這個黃皮膚的民族正把握命運的韁繩，緊攥時代的流速，去際會新世紀的大波時，斷流，你怎麼能斷流呢？

五

　　黃河，一個偉大而永恆的存在。

　　儘管你的斷流使我失落了許多金黃色的壯闊的夢，但我仍然痴痴地迷戀著你，我仍是你懷裡的一葉渺小的帆。我知道，你那巨大的心，永遠不會乾枯。因為你和黃皮膚的民族一樣，永遠拒絕衰老和死亡。

　　我在焦渴中等待，我在佇候中祈望。黃河，你於公元 1996 年春夏之交斷流 128 天後，終於 7 月 10 日 16 時，又和大海重新擁抱。當中央電視台向時刻關注你的我的同胞鄭重宣告這一消息後，喜難自禁的我，再一次撲進你的懷抱⋯⋯

　　喜中有憂。水利專家曾疑慮重重地告訴我：由於上游經濟發展用水量日增，到 2010 年，徑流山東段的黃河，年斷流時間將達 200 天以上；2020 年，下游河段將全年乾枯，屆時，黃河將成為我國最大的內陸河⋯⋯

　　憂中有喜。我從權威的水利雜誌上得悉：早在 50 年代初，國家便組織水利界的寒俊宏才，在青藏高原勘測南水北調的線路，歷 40 餘寒暑，經幾代人之努力，對多種方案反覆篩選，西線調水格局，現已眉目清晰。俟國力允許，便可借來長江走大河⋯⋯

　　黃河，一個並不遙遠的夢，正向你也向我們翩翩走來。

黃河，當你和長江聯姻後，你將融北方的豪壯與南國的靈秀為一體，你將集北國的粗獷與南方的嫵媚於一身。你將用更加甘冽的乳汁，去哺育兩岸那更加發達的頭顱，更加健旺的身軀，更加嬌美的面容；去蕃孳兩岸那更加飽滿的稻穀，更加肥實的牛羊，更加郁烈的花香……那時，你會向全世界展示我們這個黃皮膚的民族那大河般的抱負，那大河般的雄心，那大河般的千秋偉業，那大河般的絕世文章……

史鐵生小傳

　　史鐵生，1951 年生於北京。7 歲上小學，13 歲上中學，初中二年未盡文化革命開始，自此與上學無緣。18 歲時上山下鄉運動展開，自願去陝北農村插隊，種一年地，餵兩年牛，衣既不豐食且難足，與農民過一樣的日子，才見了一個全面的中國。3 年後雙腿癱瘓，轉回北京；住院一年有半，治療結束之時即輪椅生涯開始之日。身殘志且不堅，幾度盼念死神，幸有親人好友愛護備至，又得幽默大師卓別林指點迷津，方信死是一件最不必急於求成的事。23 歲到一家街道工廠做臨時工，7 年。工餘自學英語，但口譯、筆譯均告無門，徹底忘光。又學畫彩蛋，終非興趣所在，半途而廢。然後想起了寫作。據說不能四處去深入生活者，操此行當無異自取滅亡，雖心中憂恐，一時也就不顧。莽莽撞撞走上寫作這條路，算來已近卅載，雖時感力不從心，但「上賊船容易下賊船難」，況且於生命之河上漂泊，好歹總是要有條船。30 歲上舊病殃及雙腎，不能勝任街道工廠的工作，謝職回家。1979 年後相繼有《我的遙遠的清平灣》、《命若琴弦》、《我與地壇》、《務虛筆記》等小說與散文發表。1998 年終致尿毒症，隔日「透析」至今。「透析」後有隨筆集《病隙碎筆》和散文集《記憶與印象》出版。作品多次獲獎。現為北京作協合同制作家。

評委會評語

　　這是當代散文的創新文本。作者以獨特的方式實現了自身的生命體驗和外部世界的無障礙交流，從而使文字回到他自己那裡，也回到了事實和常識那裡。作者在找回自己的同時，也找回了對他人有用的東西。散文的唯一性，在這裡得到充分的體現。

病隙碎筆（節選）
史鐵生

一生命到底有沒有意義？——只要你這樣問了，答案就肯定是：有。因這疑問已經是對意義的尋找，而尋找的結果無外乎有和沒有；要是沒有，你當然就該知道沒有的是什麼。換言之，你若不知道沒有的是什麼，你又是如何判定它沒有呢？比如吃喝拉撒，比如生死繁衍，比如諸多確有的事物，為什麼不是？此既不是，什麼才是？這什麼，便是對意義的猜想，或描畫，而這猜想或描畫正是意義的誕生。

二存在，並不單指有形之物，無形的思緒也是，甚至更是。有形之物尚可因其未被發現而沉寂千古，無形的思緒——比如對意義的描畫——卻一向喧囂、確鑿，與你同在。當然，生命中也可以沒有這樣的思緒和喧囂，永遠都沒有，比如狗。狗也可能有嗎？那就比如昆蟲。昆蟲也未必沒有嗎？但這已經是另外的問題了。

三既然意義是存在的，何以還會有上述疑問呢？料其真

正的疑點，或者憂慮，並不在意義的有無，而在於：第一，這類描畫紛紜雜沓，到底有沒有客觀正確的一種？第二，這意義，無論哪一種，能否堅不可摧？即：死亡是否終將粉碎它？一切所謂意義，是否都將隨著生命的結束而變得毫無意義？

四如果不是所有的生命（所有的人）都有著對意義的描畫與憂慮，那就是說，意義並非與生俱來。意義不是先天的賦予，而顯然是後天的建立。也就是說，生命本無意義，是我們使它有意義，是「我」，使生命獲得意義。

建立意義，或對意義的懷疑，乃一事之兩面，但不管哪面，都是人所獨具。動物或昆蟲是不屑這類問題的，凡無此問題的種類方可放心大膽地宣佈生命的無意義。不過它們一旦這樣宣佈，事情就又有些麻煩，它們很可能就此成精成怪，也要陷入意義的糾纏了。你看傳說中的精怪，哪一位不是學著人的模樣在為生命尋找意義？比如白娘子的「千年等一回」，比如豬八戒的夢斷高老莊。

五生命本無意義，是「我」使生命獲得意義——此言如果不錯，那就是說：「我」，和生命，並不完全是一碼事。

沒有精神活動的生理性存活，也叫生命，比如植物人和草履蟲。所以，生命二字，可以僅指肉身。而「我」，尤其是那對意義提出詰問的「我」，就不只是肉身了，而正是通

常所説的：精神，或靈魂。但誰平時説話也不這麼麻煩，一個「我」字便可通用——我不高興，是指精神的我；我發燒了，是指肉身的我；我想自殺，是指精神的我要殺死肉身的我。「我」字的通用，常使人忽視了上述不同的所指，即人之不同的所在。

六不過，精神和靈魂就肯定是一碼事嗎？那你聽聽這句話：「我看我這個人也並不怎麼樣。」——這話什麼意思？誰看誰不怎麼樣？還是精神的我看肉身的我嗎？那就不對了，「不怎麼樣」絕不是指身體不好，而「我這個人」則明顯是就精神而言，簡單説就是：我對我的精神不滿意。那麼，又是哪一個我不滿意這個精神的我呢？就是説，是什麼樣的我，不僅高於（大於）肉身的我並且也高於（大於）精神的我，從而可以對我施以全面的督察呢？是靈魂。

七但什麼是靈魂呢？精神不同於肉身，這話就算你説對了，但靈魂不同於精神，你倒是解釋解釋這為什麼不是胡説？

因為，還有一句話也值得琢磨：「我要使我的靈魂更加清潔。」這話説得通吧？那麼，這一回又是誰使誰呢？麻煩了，真是麻煩了。不過，細想，這類矛盾推演到最後，必是無限與有限的對立，必是絕對與相對的差距，因而那必是無限之在（比如整個宇宙的奧秘）試圖對有限之在（比如個人

處境）施加影響，必是絕對價值（比如人類前途）試圖對相對價值（比如個人利益）施以匡正。這樣看，前面的我必是聯通著絕對價值，以及無限之在。但那是什麼？那無限與絕對，其名何謂？隨便你怎麼叫他吧，叫什麼其實都是人的賦予，但在信仰的歷史中他就叫做：神。他以其無限，而真。他以其絕對的善與美，而在。他是人之夢想的初始之據，是人之眺望的終極之點。他的在先於他的名，而他的名，碰巧就是這個「神」字。

這樣的神，或這樣來理解神性，有一個好處，即截斷了任何凡人企圖冒充神的可能。神，乃有限此岸向著無限彼岸的眺望，乃相對價值向著絕對之善的投奔，乃孤苦的個人對廣博之愛的渴盼與祈禱。這樣，哪一個凡人還能說自己就是神呢？

八精神，當其僅限於個體生命之時，便更像是生理的一種機能、肉身的附屬，甚至累贅（比如它有時讓你食不甘味、睡不安寢）。但當他聯通了那無限之在（比如無限的人群和困苦，無限的可能和希望），追隨了那絕對價值（比如對終極意義的尋找與建立），他就會因自身的局限而謙遜，因人性的醜陋而懺悔，視固有的困苦為錘煉，看琳琅的美物為道具，既知不斷地超越自身才是目的，又知這樣的超越乃是永遠的過程。這樣，他就不再是肉身的附屬了，而成為命運的引領——那就是他已經昇華為靈魂，進入了不拘於一己

的關懷與祈禱。所以那些只是隨著肉身的欲望而活的，你會說他沒有靈魂。

九比如希特勒，你不能說他沒有精神，由仇恨鼓舞起來的那股幹勁兒也是一種精神力量，但你可以說他喪失了靈魂。靈魂，必當牽繫著博大的愛願。

再比如希特勒，你可以說他的精神已經錯亂──言下之意，精神仍屬一種生理機能。你又可以說他的靈魂骯髒──但顯然，這已經不是生理問題，而必是牽繫著更為遼闊的存在，和以終極意義為背景的觀照。

這就是精神與靈魂的不同。

精神只是一種能力。而靈魂，是指這能力或有或沒有的一種方向，一種遼闊無邊的牽掛，一種並不限於一己的由衷的祈禱。

這也就是為什麼不能歧視傻人和瘋人的原因。精神能力的有限，並不說明其靈魂一定齷齪，他們遲滯的目光依然可以眺望無限的神秘，祈禱愛神的普照。事實上，所有的人，不都是因為能力有限才向那無邊的神秘眺望和祈禱嗎？

十其實，人生來就是跟這局限周旋和較量的。這局限，首先是肉身，不管它是多麼聰明和健壯。想想吧，肉身都給了你什麼？疾病、傷痛、疲勞、孱弱、醜陋、孤單、消化不好、呼吸不暢、渾身酸痛、某處瘙癢、冷、熱、饑、渴、

饞、人心隔肚皮、猜疑、嫉妒、防範……當然，它還能給你一些快樂，但這些快樂既是肉身給你的就勢必受著肉身的限制。比如，跑是一種快樂，但跑不快又是煩惱；跳也是一種快樂，可跳不高還是苦悶；再比如舉不動、聽不清、看不見、摸不著、猜不透、想不到、弄不明白……最後是死和對死的恐懼。我肯定沒說全，但這都是肉身給你的。而你就像那塊假寶玉，興沖沖地來此人間原是想隨心所欲玩它個沒夠，可怎麼先就掉進這麼一個狹小黝黑的皮囊裡來了呢？這就是他媽的生命？可是，問誰呢你？你以為生命應該是什麼樣兒？呆著吧哥們兒！這皮囊好不容易捉你來了，輕易就放你走嗎？得，你今後的全部任務就是跟它鬥了，甭管你想幹嘛，都要面對它的限制。這樣一個冤家對頭你卻怕它消失。你怕它折磨你，更怕它倏忽而逝不再折磨你——這裡面不那麼簡單，應該有的可想。

但首先還是那個問題：誰折磨你？折磨者和被折磨者，各是哪一個你？

十一 有一種意見認為：是精神的你在折磨肉身的你，或靈魂的你在折磨精神的你。前者，精神總是想衝破肉身的囚禁，肉身便難免為之消損，即「為伊消得人憔悴」吧。後者，無論是「眾裡尋她千百度」，還是「獨上高樓望盡天涯路」，總歸也都使你殫思竭慮耗盡精華。為此，這意見給你的衷告是：放棄靈魂的諸多牽掛吧，唯無所用心可得逍遙自

在，或平息那精神的喧囂吧，唯健康長壽是你的福。

還有一種意見認為：是肉身的你拖累了精神的你，或是精神的你阻礙了靈魂的你。前者，比如說，倘肉身的快感湮滅了精神的自由，創造與愛情便都是折磨，唯食與性等等為其樂事。然而，這等樂事弄來弄去難免乏味，乏味而至無聊難道不是折磨？後者呢，倘一己之欲無愛無畏地膨脹起來，他人就難免是你的障礙，你也就難免是他人的障礙，你要掃除障礙，他人也想推翻障礙，於是危機四伏，這難道不是更大的折磨？總之，一個無愛的人間，誰都難免於中飽受折磨，健康長壽唯使這折磨更長久。因此，愛的弘揚是這種意見看中的拯救之路。

十二 但是，當生命走到盡頭，當死亡向你索要不可摧毀的意義之時，便可看出這兩種意見的優劣了。

如果生命的意義只是健康長壽（所謂身內之物），死亡便終會使它片刻間化作烏有，而在此前，病殘或衰老必早已使逍遙自在遭受了威脅和嘲弄。這時，你或可寄望於轉世來生，但那又能怎樣呢？路途是不可能沒有距離的，存在是不可能沒有矛盾的，生是不可能繞過死的，轉世來生還不是要重覆這樣的逍遙和逍遙的被取消，這樣的長壽和長壽的終於要完結嗎？那才真可謂是輪迴之苦哇！

但如果，你賦予生命的是愛的信奉，是更為廣闊的牽繫，並不拘於一己的關懷，那麼，一具肉身的潰朽也能使之

灰飛煙滅嗎？

好了，最關鍵的時刻到了，一切意義都不能逃避的問題來了：某一肉身的死亡，或某一生理過程的中止，是否將使任何意義都掉進同樣的深淵，永劫不復？

十三如果意義只是對一己之肉身的關懷，它當然就會隨著肉身之死而煙消雲散。但如果，意義一向牽繫著無限之在和絕對價值，它就不會隨著肉身的死亡而熄滅。事實上，自古至今已經有多少生命死去了呀，但人間的愛願卻不曾有絲毫的減損，終極關懷亦不曾有片刻的放棄！當然困苦也是這樣，自古綿綿無絕期。可正因如此，愛願才看見一條永恆的道路，終極關懷才不至於終極地結束，這樣的意義世代相傳，並不因任何肉身的毀壞而停止。

也許你會說：但那已經不是我了呀！我死了，不管那意義怎樣永恆又與我何干？可是，世世代代的生命，哪一個不是「我」呢？哪一個不是以「我」而在？哪一個不是以「我」而問？哪一個不是以「我」而思，從而建立起意義呢？肉身終是要毀壞的，而這樣的靈魂一直都在人間飄蕩，「秦時明月漢時關」，這樣的消息自古而今，既不消逝，也不衰減。

十四你或許要這樣反駁：那個「我」已經不是我了，那個「我」早已經不是（比如說）史鐵生了呀！這下我懂了，

你是說：這已經不是取名為史鐵生的那一具肉身了，這已經不是被命名為史鐵生的那一套生理機能了。

但是，首先，史鐵生主要是因其肉身而成為史鐵生的嗎？其次，史鐵生一直都是同一具肉身嗎？比如說，30年前的史鐵生，其肉身的哪一個細胞至今還在？事實上，那肉身新陳代謝早不知更換了多少回！30年前的史鐵生——其實無需那麼久——早已面目全非，背駝了，髮脫了，腿殘了，兩個腎又都相繼失靈……你很可能見了他也認不出他了。總之，僅就肉身而論，這個史鐵生早就不是那個史鐵生了，你再說「那已經不是我了」還有什麼意思？

十五可是，你總不能說你就不是史鐵生了吧？你就是面目全非，你就是更名改姓，一旦追查起來你還得是那個史鐵生。

好吧你追查，可你的追查根據著什麼呢？根據基因嗎？據說基因也將可以更改了。根據生理特徵嗎？你就不怕那是個克隆貨？根據歷史嗎？可書寫的歷史偏又是任人打扮的小姑娘。你還能根據什麼？根據什麼都不如根據記憶，唯記憶可使你在一具「縱使相逢應不識」的肉身中認出你曾熟悉的那個人。根據你的記憶喚醒我的記憶，根據我的記憶喚醒你的記憶，當我們的記憶吻合時，你認出了我，認出了此一史鐵生即彼一史鐵生。可我們都記憶起了什麼呢？我曾有過的行為，以及這些行為背後我曾有過的思想、情感、心緒。對

了，這才是我，這才是我這個史鐵生，否則他就是另一個史鐵生，一個也可以叫做史鐵生的別人。就是說，史鐵生的特點不在於他所栖居過的某一肉身，而在於他曾經有過的心路歷程，據此，史鐵生才是史鐵生，我才是我。不信你跟那個克隆貨聊聊，保準用不了多一會兒你就糊塗，你就會問：哥們兒你到底是誰呀？這有點兒「我思故我在」的意思。

十六 打個比方：一棵樹上落著一群鳥兒，把樹砍了，鳥兒也就沒了嗎？不，樹上的鳥兒沒了，但它們在別處。同樣，此一肉身，栖居過一些思想、情感和心緒，這肉身火化了，那思想、情感和心緒也就沒了嗎？不，它們在別處。倘人間的困苦從未消失，人間的消息從未減損，人間的愛願從未放棄，它們就必定還在。

樹不是鳥兒，你不能根據樹來辨認鳥兒。肉身不是心魂，你不能根據肉身來辨認心魂。那鳥兒若只看重那棵樹，它將與樹同歸於盡。那心魂若只關注一己之肉身，它必與肉身一同化作烏有。活著的鳥兒將飛起來，找到新的栖居。繫於無限與絕對的心魂也將飛起來，永存於人間；人間的消息若從不減損，人間的愛願若一如既往，那就是它並未消失。那愛願，或那靈魂，將繼續栖居於怎樣的肉身，將繼續有一個怎樣的塵世之名，都無關緊要，它既不消失，它就必是以「我」而在，以「我」而問，以「我」而思，以「我」為角度去追尋那亙古之夢。這樣說吧：因為「我」在，這樣的意

義就將永遠地被猜疑，被描畫，被建立，永無終止。

這又是「我在故我思」了。

十七人所以成為人，人類所以成為人類，或者人所以對人類有著認同，並且存著驕傲，也是由於記憶。人類的文化繼承，指的就是這記憶。一個人的記憶，是由於諸多細胞的相互聯絡，諸多經驗的積累、延續和創造；人類的文化也是這樣，由於諸多個體及其獨具的心流相互溝通、繼承和發展。個人之於人類，正如細胞之於個人，正如局部之於整體，正如一個音符之於一曲悠久的音樂。

但這裡面常有一種悲哀，即主流文化經常地湮滅著個人的獨特。主流者，更似萬千心流的一個平均值，或最大公約數，即如詩人西川所說：歷史僅記錄少數人的豐功偉績／其他人說話匯合為沉默。在這最大公約中，人很容易被描畫成地球上的一種生理存在，人的特點似乎只是肉身功能（比之於其他生命）的空前複雜，有如一台多功能的什麼機器。所以，此時，藝術和文學出面。藝術和文學所以出面，就為抗議這個最大公約，就為保存人類豐富多彩的記憶，以使人類不單是一種多功能肉身的延續。

十八生命是什麼？生命是永恆的消息賴以傳揚的載體。因那無限之在的要求，或那無限之在的在性，這消息必經某種載體而傳揚。就是說，這消息，既是在的原因，也是在的

結果。否則它不在。否則什麼問題都沒有。否則我們無話可說，如同從不吱聲的 X。X 是什麼？廢話，它從不吱聲怎麼能知道它是什麼？

它是什麼，它就傳揚什麼消息，反過來也一樣，它傳揚什麼消息，它就是什麼。並非是先有了消息，之後有其載體，不不，而是這消息，或這傳揚，已使載體被創造。那消息，曾經比較簡陋，比較低級，低級到甚至談不上意義，只不過是蠕動，是顫抖，是隨風飄揚，或只是些簡單的欲望，由水母來承載就夠了，由恐龍來表達就行了。而當一種複雜而高貴的消息一旦傳揚，人便被創造了。是呀，當亞當取其一根肋骨，當他與夏娃一同走出伊甸園，當女媧在寂寞的天地間創造了人，那都是由於一種高貴的期待在要求著傳揚啊！亞當、夏娃、女媧，或許都是一種描畫，但那高貴的消息確實在傳揚，確實的傳揚就必有其確實的起點，這起點何妨就叫做亞當、夏娃、女媧和伏羲呢？正如神的在先於神的名，其名用了哪幾個字本無需深慮。傳說也正是這樣：亞當和夏娃走出伊甸園，人類社會從而開始。女媧和伏羲的傳說大致也是如此。

十九但這消息已經是高貴得不能再高貴了嗎？只要你注意到了人性的種種醜惡，肉身的種種限制，你就是在諦聽或仰望那更為高貴的消息了。那更為高貴的消息，也許不能再經由蛋白質所建構的肉身來傳揚，不能再以三維的有形而存

在，或者僅僅是因為我們受這三維肉身的限制而不能直接與它相遇，甚至不能邏輯性地與之溝通，因而要以超越時空的夢想、描畫和祈禱來追尋它，來使這區區肉身所承載的消息得以遼闊，得以昇華。這便是信仰無需實證的原因；實證必為有限之實，信仰乃無限之虛的呼喚。

二十因而也可以猜想，生命未必僅限於蛋白質的建構，很可能有著千變萬化的形式，這全看那無限的消息要求著怎樣的傳揚了。但不管它有怎樣的形式（是以蛋白質還是以更高級的材料來建構），它既是消息的傳揚，就必意味著距離和差異。它既是無限，就必是無限個有限的相互聯絡。因此，個人便永遠都是有限，都是局部。那麼，這永遠的局部，將永遠地朝向何方呢？局部之困苦，無不源於局部之有限，因而局部的歡愉必是朝向那無限之整體的皈依。所以皈依是一條永恆的路。這便是愛的真意、愛的遼闊與高貴。

無聊的人總是為皈依標出一處終點，期求著一勞永逸的福果、一尊寶座，或種種超出常人的功能（比如特異功能）。沒有證據說那神乎其神的功能全屬偽造，但這樣的期求哪裡還是愛願呢？不過是宮廷朝政中的權勢之爭，或綠林草莽間的稱王稱霸的變體罷了。究其原因，仍是囿於一己之肉身的福樂。然而你就是鋼筋鐵骨，還不是「荒一堆草沒了」？你就是金剛不壞之身，還不是「沉舟側岸千帆過」？那無限的消息不把任何一尊偶像視為永恆，唯愛願於人間翱

飛飄繚歷千古而不死。

二十一　你要是悲哀於這世界上終有一天會没有了你，你要是恐懼於那無限的寂滅，你不妨想一想，這世界上曾經也没有你，你曾經就在那無限的寂滅之中。你所憂慮的那個没有了的你，只是一具偶然的肉身。所有的肉身都是偶然的肉身，所有的爹娘都是偶然的爹娘，是那亙古不滅的消息使生命成為可能，是人間必然的愛願使爹娘相遇，使你誕生。

這肉身從無中來，為什麼要怕它回到無中去？這肉身曾從無中來，為什麼不能再從無中來？這肉身從無中來又回無中去，就是説它本無關大局。大局者何？你去看一齣戲劇吧，道具、佈景、演員都可以全套地更換，不變的是什麼？是那台上的神魂飄蕩，是那台上台下的心流交匯，是那幕前幕後的夢寐以求！人生亦是如此，毀壞的肉身讓它回去，不滅的神魂永遠流傳，而這流傳必將又使生命得其形態。

二十二　我常想，一個好演員，他／她到底是誰？如果他／她用一年創造了一個不朽的形象，你説，在這一年裡他／她是誰？如果他／她用一生創造了若干個獨特的心魂，他／她這一生又是誰呢？我問過王志文，他説他在演戲時並不去想給予觀眾什麼，只是進入，我就是他，就是那個劇中人。這劇中人雖難免還是表演者的形象，但這似曾相識的形象中已是完全不同的心流了。

　　所以我又想，一個好演員，必是因其無比豐富的心魂被困於此一肉身，被困於此一境遇，被困於一個時代所有的束縛，所以他／她有著要走出這種種實際的強烈欲望，要在那千變萬化的角色與境遇中，實現其心魂的自由。

　　藝術家都難免是這樣，乘物以遊心，所要藉助和所要克服的，都是那一副不得不有的皮囊。以美貌和機智取勝的，都還是皮囊的奴隸。最要受那皮囊奴役的，莫過於皇上；皇上一旦讓群臣認不出，他就什麼也沒有了。所以，凡高是「向日葵」，貝多芬是「命運」，尼采是「如是說」，而君王是地下宮殿和金縷玉衣。

　　二十三　無論對演員還是對觀眾，戲劇是什麼？那激情與共鳴是因為什麼？是因為現實中不被允許的種種願望終於有了表達並被尊重的機會。無論是恨，是愛，是針砭、讚美，是纏綿悱惻、荒誕不經，是唐‧吉訶德或是哈姆雷特，總之，如是種種若在現實中也有如戲劇中一樣的自由表達，一樣地被傾聽和被尊重，戲劇則根本不會發生。演員的激情和觀眾的感動，都是由於不可能的一次可能、非現實的一次實現。這可能和實現雖然短暫，但它為心魂開闢的可能性卻可流入長久。

　　不過，一旦這樣的實現成為現實，它也就不再能夠成為藝術了。但是放心，不可能與非現實是生命永恆的背景，因此，藝術，或美的願望，永遠不會失其魅力。

二十四然而，有形的或具體的美物，很可能隨著時間的推移而喪失其美。美的難於確定，使毛姆這樣的大作家也為之迷惑，他竟得出結論說：「藝術的價值不在於美，而在於正當的行為。」（見《毛姆隨想錄》）可什麼是正當呢？由誰來確定某一行為的正當與否呢？以更加難於確定的正當，來確定難於確定的美，豈不荒唐？但毛姆畢竟是毛姆，他在同一篇文章中不經意地說了一句話：「他們（指藝術家）的目標是解除壓迫他們靈魂的負擔。」好了，這為什麼不是美的含義呢？你來了，你掉進了一個有限的皮囊，你的周圍是隔膜，是限制，是數不盡的牆壁和牢籠，靈魂不堪此重負，於是呼喊，於是求助於藝術，開闢出一處自由的時空以趨向那無限之在和終極意義，為什麼這不是美的恆久品質，同時也是人類最正當的行為呢？

二十五所以要尊重藝術家的放浪不羈。那是自由在衝破束縛，是豐富的心魂在爭脫固定的肉身，是強調夢想才是真正的存在，而肉身不過是死亡使之更新以前需要不斷克服和超越的牢籠。

因此有件事情饒有趣味：男演員Ａ飾男角色甲，女演員Ｂ飾女角色乙，在劇中有甲和乙做愛的情節，那麼這時候，做愛的到底是誰？簡直說吧，你能要求Ａ和Ｂ只是模仿而互相毫無性愛的欲望嗎？這樣的事，尤其是這樣的事，恐怕單靠模仿是不成的，僅有形似必露出假來——三級片和藝術

片的不同便是證明；前者最多算是兩架逼真的模型，後者則
牽連著主人公的浩瀚心魂和歷史。講台前或餐桌上可以逢場
作戲，此時並不一定要有真誠，唯符合某種公認的規矩就
夠。可戲劇中的（比如說）性愛，卻是不能單靠肉身的，因
為如前所說，人們所以需要戲劇，是需要一處自由的時空，
需要一回心魂的酣暢表達，是要以藝術的真去反抗現實的
假，以這劇場中的可能去解救現實中的不可能，以這舞台或
銀幕上的實現去探問那佈滿於四周的不現實。這就是藝術不
該模仿生活，而生活應該模仿藝術的理由吧。

二十六但這是真嗎？或者其實這才是假？不是嗎，戲劇
一散，A 和 B 還不是各回各的妻子或丈夫身邊去？剛才的怨
海情天豈非一縷輕風？剛才的卿卿我我豈不才是逢場作戲？
這就又要涉及對真與假的理解，比如說，由衷的夢想是假，
虛偽的現實倒是真嗎？已有的一切都是真理，未有的一切都
是謬誤嗎？看來還要對真善美中的這個真字做一點分析：
真，可以指真實、真理，也可以指真誠。毛姆在他的《隨想
錄》中似乎全面地忽視了後者，然後又因真理的流變不居和
信念的往往難於實證而陷入迷途。他說：「如果真理是一種
價值，那是因為它是真的，不是因為說出真理是勇敢的。」
又說：「一座連接兩個城市的橋樑，比一座從一片荒地通往
另一片荒地的橋樑重要。」這些話真是讓我吃驚。事實上，
很多真理，是在很久以後才被證明了它的真實的，若在尚未

證明其真實之前就把它當作謬誤掃蕩，所有的真理就都不能長大。而在它未經證實之前便說出它，不僅需要勇敢，更需要真誠。至於橋樑，也許正因為有從荒地通往荒地的橋樑，城市這才誕生。真誠正是這樣的橋樑，它勇敢地鋪向一片未知，一片心靈的荒地，一片浩渺的神秘，這難道不是它最重要的價值嗎？真理，誰都知道它是要變化、要補充和要不斷完善的，別指望一勞永逸。但真誠，誰會說它是暫時的呢？

二十七　科學的要求是真實，信仰的要求是真誠。科學研究的是物，信仰面對的是神。科學把人當作肉身來剖析它的功能，信仰把人看作靈魂來追尋它的意義。科學在有限的成就面前沾沾自喜，信仰在無限的存在面前虛懷若谷。科學看見人的強大，指點江山，自視為世界的主宰，信仰則看見人的苦弱與醜陋，沉思自省，視人生為一次歷練與皈依愛願的旅程。自視為主宰的，很難控制住掠奪自然和強制他人的欲望，而愛願，正是抵擋這類欲望的基礎。但科學，如果終於，或者已經，看見了科學之外的無窮，那便是它也要走進信仰的時候了。而信仰，亙古至今都在等候浪子歸來，等候春風化雨，狂妄歸於謙卑，暫時的肉身凝成不朽的信愛，等候那迷戀於真實的眼睛閉上，向內裡，求真誠。

二十八　讓人擔心的是 A 和 B 從劇場回家之後的遭遇，即 A 之妻和 B 之夫會怎麼想？

　　從一些這樣的妻子和丈夫並未因此而告到法院去，也未跟 A 或 B 鬧翻天的事實來看，他們的愛不單由於肉身，更由於靈魂。醋罐子所以不曾打破，絕不是因為什麼肚量，而是因為對藝術的理解，既然藝術是靈魂要突破肉身限定的昭示，甚至探險，那飛揚的愛願唯使他們感動。此時，有限的肉身已非忠貞的標識，宏博的心魂才是愛的指向——而他們分明是看到了，他們的愛人不光是一具會行房的肉身，而是一個多麼豐盈、多麼懂得愛又是多麼會愛的靈魂啊。

　　這未免有些理想化。但理想化並不說明理想的錯誤，而藝術本來就是一種理想。「理想化」三個字作為指責，唯一的價值是提醒人們注意現實。現實怎樣？現實有著一種危險：A 之妻或 B 之夫很可能因此提出一份離婚申請。在現實中，這不算出格，且能為廣大群眾所理解。但這畢竟只是現實，這樣的愛情仍止於肉身。止於肉身又怎樣，白頭偕老的不是很多嗎？是呀，沒說不可以，可以，實在是可以。只是別忘了，現實除了是現實還是對理想的籲求，這籲求也是現實之一種。因此 A 和 B，他們的戲劇以及他們的妻與夫，是共同做著一次探險。險從何來？即由於現實，由於肉身的隔離和限制，由於靈魂的不屈於這般束縛，由於他們不甘以肉身為「我」而要以靈魂為「我」的願望，不信這狹小的皮囊可以阻止靈魂在那遼闊的存在中匯合。這才是愛的真諦吧，是其永不熄滅的原因。

二十九我正巧在讀《毛姆隨想錄》，所以時不時地總想起他的話。關於愛，我比較同意他的意見：愛，一是指性愛，一是指仁愛（我猜也就是指宏博的愛願吧）。前者會消逝，會死亡，甚至會衍生成恨。後者則是永恆，是善。

可他又說：「人生莫大的悲哀……是他們會終止相愛。……兩個情人之中總是一個愛而另一個被愛；這將永遠妨礙人們在愛情中獲得完美幸福……。愛情總是少不了一種性腺的分泌，這當是無可置疑的。對於極大多數的人，同一的對象不能永久引發出他們的這種分泌，還有隨著年事增長，性腺也萎縮了。人們在這個問題上十分虛偽，不肯面對現實……難道愛憐與愛情可以同日而語嗎？」性愛是不能忽視荷爾蒙的，這無可非議。但性愛就是愛情嗎？從「這將永遠妨礙人們在愛情中獲得完美幸福」一語來看，支持性愛的荷爾蒙，並不見得也能夠支持愛情。由此可見，性愛和愛情並不是一碼事。那麼，支持著愛情的是什麼呢？難道「性腺也萎縮了」，一對老夫老妻就不再可能有愛情了嗎？並且，愛情若一味地拘於荷爾蒙的領導，又怎能通向仁愛的永恆與善呢？難道愛情與仁愛是互不相關的兩碼事？

三十單純的性愛難免是限於肉身的。總是兩個肉身的朝朝暮暮，真是難免有互相看膩的一天。但，若是兩個不甘於肉身的靈魂呢？一同去承受人世的危難，一同去輕蔑現實的限定，一同眺望那無限與絕對，於是互相發現了對方的存

在、對方的支持，難離難棄……這才是愛情吧。在這樣的栖居或旅程中，荷爾蒙必相形見絀，而愛願彌深，衰老的肉身和萎縮的性腺便不是障礙。而這樣的愛一向是包含了憐愛的，正如苦弱的上帝之於苦弱的人間。毛姆還是糊塗哇。其實憐愛是高於性愛的。在荷爾蒙的激勵下，昆蟲也有昂揚的行動；這類行動，只是被動地服從著優勝劣汰的自然法則，最多是肉身間短暫的娛樂。而憐愛，則是通向仁愛或博愛的起點啊。

仁愛或博愛，毛姆視之為善。但我想，一切善其實都是出於這樣的愛。我看不出在這樣的愛願之外，善還能有什麼獨具的價值；相反，若視「正當」為善，倒要有一種危險，即現實將把善製作成一副枷鎖。

三十一　耶穌的話：「我還有不多的時候與你們同在。後來你們要找我，但我所去的地方，你們不能到。這話我曾對猶太人說過，如今也照樣對你們說。我賜給你們一條新命令，乃是叫你們彼此相愛。我怎樣愛你們，你們也要怎樣相愛。」

林語堂說：「這就是耶穌溫柔的聲音，同時也是強迫的聲音，一種近二千年來浮現在人了解力之上的命令的聲音。」

我想，「正當」也會是一種強迫和命令的聲音，但它不會是溫柔的聲音。差別何在？就在於，前者是「近二千年來

浮現在人了解力之上的命令的聲音」，是無限與絕對的聲音，是人不得不接受的聲音，是人作為部分而存在其中的那個整體的聲音，是你終於不要反抗而願皈依的聲音。而後者，是近二千年來人間習慣了的聲音，是人智製作的聲音，是肉身限制靈魂、現實挾迫夢想的聲音，是人強制人的聲音。

三十二我希望我並沒有低估了性愛的價值，相反，我看重這一天地之昂揚美麗的造化，便有愁苦，便有憂哀，也是生命鮮活的存在。低估性愛，常是因為高估了性愛而有的後果。將性腺作為愛的支撐，或視為等值，一旦「春風無力百花殘」或「無邊落木蕭蕭下」，則難免怨屋及烏，嘆「人生苦短」及愛也無聊。尚能飯否或尚能性否，都在其次，尚能愛否才是緊要，值得雙手合十，謂曰：善哉，善哉！

我曾在另外的文章裡猜想過：性愛，原是上帝給人通向宏博之愛的一個暗示、一次啟發、一種象徵，就像給戲劇一台道具，給靈魂一具肉身，給愛願一種語言……是呀，這許多器具都是何等精彩，精彩到讓魔鬼也生妒意！但你若是忘記了上帝的期待，一味迷戀於器具，靡菲斯特定會在一旁笑破肚皮。

三十三性愛，實在是藉助肉身而又要衝破肉身的一次險象環生的壯舉。你看那姿態，完全是相互融合的意味；你聽那呼吸，那呼喊，完全是進入異地的緊張、驚訝，是心魂破

身而出才有的自由啊！性愛的所謂高峰體驗，正是心魂與心魂於不知所在之地——「太虛幻境」或「烏托之邦」——空前的相遇。不過，正也在此時，魔鬼要與上帝賭一個結局：也許他們就被那精彩的器具網羅而去，也許，他們由此而望見通向天國的「窄門」。

　　三十四因此，我雖不是同性戀者，卻能夠理解同性戀。愛戀，既是藉助肉身而衝破肉身，性別就不是絕對的前提，既是心魂與心魂的相遇，則要緊的是他者。他者即異在。異性只是異在之一種，而且是比較習常的一種，比較地拘於肉身的一種，而靈魂的異在卻要遼闊得多，比如異思和異趣，尤其是被傳統或習常所歧視、所壓迫著的異端，更是呼喚著愛去照耀和開墾的處女地。在我想，一切愛戀與愛願，都是因異而生的。異是隔離，愛便是要衝破這隔離；異又是禁地，是誘惑，愛於是有著激情；異還可能是棄地，是險境，愛所以溫柔並勇猛（我琢磨，性腺的分泌未必是愛的動因，沒準兒倒是愛的一項後果或輔助）。這隔離與誘惑若不單單地由於性之異，憑什麼愛戀只能在異性之間？超越了性之異的愛戀，超越了肉身而在更為遼闊的異域團聚的心魂，為什麼不同樣是美麗而高貴的呢？

　　三十五人與人之間是這樣，群、族乃至國度之間也應該是這樣——異，不是要強調隔離與敵視，而是在呼喚溝通與

愛戀。總是自己戀著自己，狹隘不說，其實多麼猥瑣。黨同伐異，群同、族同乃至國同伐異，我真是不懂為什麼這不是猥瑣而常常倒被視為骨氣？我們從小就知道要對別人懷有寬容和關愛，怎麼長大了倒糊塗？作為個人，謙虛和愛心是美德，怎麼一遇群、族、國度就要以傲慢和警惕取而代之？外交和國防自然是不可不要，就像家家門上都得有把鎖，可是心裡得明白：這不是人類的榮耀，這是不得已而為之。千萬別把這不得已而為之看成美德，一說「我們」便意味著遷就和表彰，一提「他們」就已經受了傷害。

　　三十六 「第三者」怎麼樣？「第三者」不也是不願受肉身的束縛，而要在更寬闊的領域中實現愛願嗎？可能是。也可能不是。比如詩人顧城的故事，開始時彷彿是，結果卻不是。「第三者」的故事各不相同，絕難一概而論。

　　「第三者」的故事通常是這樣：A 和 B 的愛情已經枯萎，這時出現了 C——比如說 A 和 C，嶄新的愛情之花怒放。倘沒有什麼法律規定人一生只能愛一次，這當然就無可指責。問題是，A 和 B 的愛情已經枯萎這一判斷由誰做出？倘由 C 來做出，那就甭說了，其荒唐不言而喻；所以 C 於此刻最好閉嘴。由 B 做出嗎？那也甭說，這等於沒有故事。當然是由 A 做出。然而 B 不同意，說：「A，你糊塗哇！」所以 B 不退出。C 也不退出，A 既做出了前述判斷，C 就有理由不退出。我曾以為其實是 B 糊塗，A 既對你宣佈了解

散，你再以什麼理由堅持也是糊塗。可是，故事也可能這樣發展：由於 B 的堅持，A 便有回心轉意的跡象。然而 C 現在有理由不閉嘴了，C 也說：「A，你糊塗哇！」於是 C 仍不退出。如果詩人顧城最初的夢想能夠在 A、B、C 間實現，那就會有一個非凡的故事了。但由 B 和 C 都說：「A，你糊塗哇」這件事看來，A 可能真是糊塗——試圖讓水火相融，還不糊塗嗎？可是，糊塗是個理性概念，而愛情，都得盤算清楚了才發生嗎？我才明白，在這樣的故事裡，並沒有客觀的正確，絕不要去找一條放之四海而皆準的真理。這不是理性的領域，但也不是全然放棄理性的領域，這是存在先於本質的證明；一切人的問題，都在這樣的故事裡濃縮起來，全面地向你提出。

三十七我想，在這樣的處境中，唯一要做並且可以做到的是誠實。唯誠實，是靈魂的要求，否則不過是肉身之間的旅遊，「江南」「塞北」而已，然而「小橋流水」和「大漠孤煙」都可能看膩，而靈魂依然昏迷未醒。「第三者」的故事中，最可悲哀、最可指責也是最為荒唐的，就是欺騙——愛情，原是要相互敞開、融合，怎麼現在倒陷入加倍的掩蔽和逃離了呢？

通常的情況是 A 和 C 騙著 B。不過這也可能是出於好意——何苦讓 B 瘋癲、跳樓或者割腕呢？尤其 B 要是真的出了事，A 和 C 都難免一生良心不安。於是欺騙似乎有了正

當的理由。可是，被騙者的肉身平安了，他的靈魂呢，二位可曾想過嗎？B至死都處在一個不是由自己選擇而是由別人決定的位置上；所有人都笑著他的愚蠢，只他自己笑著自己的幸福。然而，你要是人道的，你總不能就讓他去跳樓吧？你要是人道的，你也不能丟棄愛情一輩子守著一個隨時可能跳樓的人吧？是呀，甭說那麼多好聽的，倘這故事真實地發生在你身上，說吧，簡單點兒，你怎麼辦？

三十八我真的不知道該怎麼辦。

我的第一個想法是：在這樣的故事裡我寧願是B。不要瘋癲，也別跳樓，痛苦到什麼程度大約由不得我，但我必須拎著我的痛苦走開。不為別的，為的是不要讓真變成假，不要逼著A和 C 不得不選擇欺騙。痛苦不是醜陋，結束也不是，唯要挾和詛咒可以點金成石，化珍寶為垃圾，使以往的美麗毀於一旦。是呀，這是B的責任，也是一個珍視靈魂相遇的戀者的痛苦和信念。「第三者」的故事，通常只把B看作受害者而免去了他的責任，免去了對他的靈魂提問。第二個想法是：在這樣的故事裡，柔弱很可能美於堅強，痛苦很可能美於達觀。愛情不是出於大腦的明智，而是出於靈魂的牽掛；不是肉身的捕捉或替換，而是靈魂的漫展和相遇。因而一個猶豫的 A 是美的，一個困惑的 B 是美的，一個隱忍的C是美的；所以是美的，因為這裡面有靈魂在彷徨，這彷徨看似比不上理智的決斷，但這彷徨卻通向著愛的遼闊，是

愛的折磨，也是命運在為你敲開信仰之門。而果敢與強悍的「自我」，多半還是被肉身圈定，為荷爾蒙所挾迫，是想像力的先天不足或靈魂的尚未覺悟。

三十九愛情，從來與藝術相似，沒有什麼理性原則可以概括它、指引它。愛情不像婚姻是現實的契約，愛情是站在現實的邊緣向著神秘未知的呼喚與祈禱，它根本是一種理想或信仰。有一句詩：我愛你，以我童年的信仰。你說不清它是什麼，所以它是非理性的，但你肯定知道它不是什麼，所以它絕不是無理性。對於現實，它常常是脆弱的——比如人們常問藝術：這玩意兒能頂飯吃？——明智而強悍的現實很可能會泯滅它。但就靈魂的期待而言，它強大並且堅韌，勝敗之事從不屬於它，它就像凡高的天空和原野，燃燒，盛開，動蕩著古老的夢願，所有的現實都因之顯得謹小慎微，都將聆聽它對生命的解釋。因而我在《向日葵》的後面常看見一個赴死的身形，又在《有松樹的山坡》上聽見亙古迴盪的鐘聲。

四十那迴盪的鐘聲便是靈魂百折不撓的腳步，它曾脫離某一肉身而去，又在那兒無數次降臨人世，借無數肉身而萬古傳揚。生命的消息，就這樣永無消損，永無終期。不管科學的發展——比如克隆、基因、納米——將怎樣改變世界的形象，改變道具和布景，甚至改變人的肉身，生命的消息就

如這鐘聲，或這鐘聲之前荒野上的呼喚，或這呼喚之上的浪浪天風，絕不因某一肉身的枯朽而有些微減弱，或片刻停息。這樣看，就不見得是我們走過生命，而是生命走過我們；不見得是肉身承載著靈魂，而是靈魂訂製了肉身。就比如，不是音符連接成音樂，而是音樂要求音符的連接。那是固有的天音，如同宇宙的呼吸、存在的浪動，或神的言說，它經過我們然後繼續它的腳步，生命於是前赴後繼永不息止。為什麼要為一個音符的度過而悲傷？為什麼要認為生命因此是虛幻的呢？一切物都將枯朽，一切動都不停息，一切動都是流變，一切物再被創生。所以，虛無的悲嘆，尋根問底仍是由於肉身的圈定。肉身蒙蔽了靈魂的眼睛，單是看見要回那無中去，卻忘了你原是從那無中來。

四十一當然，每一個音符又都不容忽略，原因簡單：那正是音樂的要求。這要求於是對音符構成意義，每一個音符都將追隨它，每一個音符都將與所有的音符相關聯，所有的音符又都牽繫和鑄造著此一音符的命運。這就是愛的原因和愛的所以不能夠丟棄吧。你既是演奏者，又是欣賞者，既是腳步，又是聆聽。孤芳自賞從根本上說是不可能的，單獨的音符怎麼聽也像一聲噪響，孤立的段落終不知所歸。音符和段落，倘不能領悟和追隨音樂的要求，便黃鐘大呂也是過眼煙雲，虛無的悲嘆勢在必然。以肉身的不死而求生命的意義，就像以音符的停滯而求音樂的悠揚。無論是今天的克

隆，還是古時的煉丹，以及各類自以為是的功法，都不可能
使肉身不死。不死的唯有上帝寫下的起伏跌宕、苦樂相依的
音樂，生命唯在這音樂中獲得意義，驅散虛無。而這永恆的
音樂，當然是永恆地要求著音符的死生相繼，又當然會跳過
無愛的噪響，一如既往保持其美麗與和諧。

四十二愛，即孤立的音符或段落向著那美麗與和諧的皈
依，再從那美麗與和諧中互相發現：原來一切都是相依相
隨。倘若是音符間的相互隔離與排拒，美麗與和諧便要破
壞。但上帝的音樂豈容破壞？比如說，地球的美麗是不容破
壞的，生態的和諧是不容破壞的，被破壞的只可能是破壞者
自己。比如說，上帝之手將藉助乾旱、沙塵暴、愛滋病、環
境污染、臭氧層破洞……刪除造成這一切不和諧的贅物。癌
症是什麼？是和諧整體中的一個失去控制的部分，這差不多
是對無限膨脹著的人類欲望的一個警告。愛滋病是什麼？是
自身免疫系統的失靈，而生態的和諧正是地球的自身免疫系
統。上帝是嚴厲而且溫柔的，如果自以為是的人類仍然聽不
懂這暗示，地球上被刪除的終將是什麼應該是明顯的。

四十三書架上的書，一本一本幾千本，看似各成一體相
互孤立，其實全有關聯。幾千年的消息都在那兒排開、穿
插、疊摞，其相互關聯的路徑更是玄機無限、鬼神莫測。真
可謂「橫看成嶺側成峰」，但其中任何一本都是「不識廬山

真面目」。

我猜想，基因譜系也並不是孤立的每人一份，上帝不見得有那樣的耐心，上帝寫的是大文章，每個人的基因譜系只是其中一個小小的段落，把這些段落連成一氣才可能領悟上帝的意圖。領悟，而非破解。用陳村的話說，上帝的手藝哪能這麼簡單？比如，基因譜系中何以會有很多不知所云的段落？不知所云只是對人而言，只是對「嶺」和「峰」而言，是整體對部分而言。部分只好是「知不知，尚矣」。這便是命運永遠的神秘，便是人要對上帝保持謙恭，要對他說「是」，要以愛作為祈禱的緣由。

四十四 聽說有個人稱「易俠」的人，《易經》研究得透徹，不僅可以推算過去，還能夠預測未來。我先是不信，可是說的人多了，有的還是親身體驗，我便將信將疑地有些怕——倘那是真的，豈不是說未來早都安排妥當，那人的努力還有什麼用處？再那麼認真地試圖改變什麼豈不是冒傻氣？但後來想想，也沒什麼可怕，未來的已定與未定其實一樣，未定得往前走，已定也還是得往前走，前面呢，或一個死字擋道，或一條無限的路途。這就一樣了——反正你在過程之外難有所得。

我寫過，神之下凡與人之下放異曲同工，都是「在改造客觀世界的同時改造主觀世界」。很可能「改造客觀世界」倒是瞎說，前面終於是死亡或無限，你改造什麼？而「改造

主觀世界」確鑿是你躲不開的工作。比如戲劇,演員身歷其境,其體會自然與旁觀者不同。下凡或下放大約就是基於這樣的考慮:下去吧,親身經歷一回,感受會不一樣。倘「易俠」的預測真的準確,就更可以堅定這改造的決心了——是呀,劇本早都寫好了,演員的責任就很明確:把戲演好,別的沒你什麼事。何謂演好?就是在那戲劇的曲折與艱難中體會生命的意義,領悟那飄蕩在燈光與道具之上的戲魂,改變你固有的迷執。

四十五說文學(和藝術)的根本是真實,這話我想了又想還是不同意。真實,必當意味著一種客觀的標準,或者說公認的標準,否則就不能是真實,而是真誠。客觀或公認的標準,於法律是必要的,於科學大約也是必要的,但於文學就埋藏下一種危險,即取消個人的自由,限定探索的範圍。文學,可以反映現實,也可以探問神秘和沉入夢想;比如夢想,你如何判定它的真實與否呢?就算它終於無用,或是徹底瞎掰,誰也不能取消它存在與表達的權利。即便是現實,也會因為觀察點的各異,而對真實有不同的確認。一旦要求統一(即客觀或公認)的真實,便為霸權開啟了方便之門。而不必統一的真實則明顯是一句廢話。

四十六不必統一的真實,不如叫做真誠。文學,可以是從無中的創造,就是說它可以虛擬,可以幻想,可以荒誕不

經、無中生有，只要能表達你的情思與心願，其實怎麼都行，唯真誠就好。真誠，不像真實那樣要求公認，因此它可以保障自由，徹底把霸權關在門外。

不過，當然，在真誠的標牌下完全有可能瞎說、胡鬧、毫無意義地扯淡——他自稱是真誠，你有什麼話講？可是，你以為真實的旗幟下就沒人扯淡嗎？總是有扯淡的，但真誠下的扯淡比真實下的扯淡整整多出了一個自由，這可是多麼值得！說到底，文學（和藝術）是一種自由，自由的思想，自由的靈魂。倘不是沒有自我約束的自由，那就叫做真誠，或者是謙恭吧。

四十七不過，我對文學二字寧可敬而遠之。一是我確實沒什麼學問，卻又似乎跟文學沾了一點兒關係。二是，我總感到，在各種學（包括文學）之外，仍有一片浩瀚無邊的存在；那兒，與我更加親近，更加難離難棄，更加纏纏繞繞地不能剝離，更是人應該重視卻往往忽視了的地方。我願意把我與那兒的關係叫做：寫作。到了那兒就像到了故土，備覺親切。到了那兒就像到了異地，備覺驚奇。到了那兒就像脫離了這個殘損而又堅固的軀殼，輕鬆自由。到了那兒就像漫遊於死中，回身看時，一切都有了另外的昭示。

四十八有位評論家，隔三差五地就要宣佈一回：小說還是得好看！我一直都聽不出他到底要說什麼。這世界上，可

有什麼事物是得不好看的嗎？要是沒有，為什麼單單擰著小說的耳朵這樣提醒？再說了，你認為誰看著你都好看嗎？誰看著你看著好看的東西都好看嗎？要是你給他一個自以為好看的東西，他卻擰著你的耳朵說：「你最好給我一個好看的東西！」──你是否認為這是一次有益的交流？也許有益：你知道了好看是因人而異的。還有：但願你也知道了，總是以自己的好看要求別人的好看，這習慣在別人看來真是不好看。

好看，在我理解，只能是指易讀。把文章儘量寫得易讀，這當然好，問題是眾生思緒千差萬別，怎能都易到同一條水平線上去？最易之讀是不讀，最易之思是不思，易而又易，終於弄到沒有差別時便只剩下了簡陋。

四十九不知自何時起，中國人做事開始提倡「別那麼累」，於是一切都趨於簡陋。比如「文革」中的簡易樓，簡易到沒有上下水，清晨家家都有人端出一個盆來在街上走，裡面是尿。比如我座下的國產輪椅，一輛簡似一輛，有效期遞減；直到最近又買了一輛進口的，這輛真是做得細緻，做得「累」，然而坐著卻舒服。再比如我家的屋門──80年代的作品，我無力裝修故保留至今──不過是蓋房時空出一個方洞，擋之以一塊同大的板，再要省事就怕不是人居了。

五十愛因斯坦說：「凡是涉及實在的數學定律都是不確

定的，凡是確定的定律都不涉及實在。」因為，任何實在，都有著比抽象（的定律）更為複雜的牽繫。各種科學的路線，都是要從複雜中抽象出簡單，視簡單為美麗，並希望以此來指引複雜。但與此同時，它也就看見了抽象與實在之間其實有著多麼複雜的距離。而文學，命定地是要涉及實在，所以它命定地也就不能信奉簡單。人類所以創造了文學，就是因為在諸多科學的路線之外看見了複雜，看見了諸學所「不涉及」的「實在」，看見了實在的遼闊、紛繁與威嚇。所以，文學有理由站出來，宣佈與諸學的背道而馳，即：不是從複雜走向簡單，而是由簡單進入複雜。因此我常有些很可能是偏頗的念頭：在看似已然明朗的地方，開始文學的迷茫路。

五十一　簡單與複雜，各有其用，只要不獨尊某術就好。一旦獨尊，就是牢獄。牢獄並不都由他人把守，自覺自願畫地為牢的也很多。牢獄也並不單指有限的空間，有的人滿世界走，卻只對一種東西有興趣。比如煽情。有那麼幾根神經天底下的人都是一樣，不動則已，一動而淚下，諳熟了彈撥這幾根神經的，每每能收穫眼淚。不是說這不可以，是說單憑這幾根神經遠不能接近人的複雜。看見了複雜的，一般不會去扼殺簡單，他知道那也是複雜的一部分。倒是只看見了簡單的常常不能容忍複雜，因而憤憤然說那是庸人自擾，是「不打糧食」，是脫離群眾，說那「根本就不是文學」，甚

至「什麼都不是」，這樣一來牢獄就有了。話說回來，不是
文學又怎麼了？什麼都不是又怎麼了？一種思緒既然已經發
生，一種事物既然已經存在，就像一個人已經出生，它怎麼
可能什麼都不是呢？它只不過還沒有一個公認的名字罷了。
可是文學，以及各種學，都曾有過這樣的遭遇啊！

　　五十二文如其人，這話並不絕對可信。文，有時候是表
達，是敞開，有時候是掩蓋，是躲避，感人淚下的言詞後面
未必沒有隱藏。我自己就有這樣的經驗，常在渴望表達的時
候卻做了很多隱藏，而且心裡明白，隱藏的或許比表達的還
重要。這是為什麼？為什麼心裡明白卻還要隱藏？知道那是
重要的卻還要躲避？
　　不久前讀到陳家琪的一篇文章，使我茅塞頓開。他說：
「『是人』與『做人』在我們心中是不分的；似乎『是人』
的問題是一個不言而喻的事實，要討論的只是如何做人和做
什麼樣的人。」又說：「『做人』屬於先輩或社會的要求。
你就是不想學做人，先輩和社會也會通過教你說話、識字，
通過轉換知識，通過一種文明化的進程，引導或強迫你去做
人。」要你如何做人或標榜自己是如何做人的文學，其社會
勢力強大，不由得使人怕，使人藏，使人不由地去籌謀一種
輕盈並且安全的心情；而另一種文學，恰是要追蹤那躲避
的，揭開那隱藏的，於是乎走進了複雜。

五十三那複雜之中才有人的全部啊，才是靈魂的全面朝向。劉小楓説：「人向整體開放的部分只有靈魂，或者説，靈魂是人身上最靠近整體的部分。」又説：「追求整體性知識需要與社會美德有相當程度的隔絕……」要看看隱藏中的人是怎麼一回事，不僅複雜而且危險。最大的危險就是要遭遇社會美德的陰沉的臉色。

五十四我一直相信，人需要寫作與人需要愛情是一回事。

人以一個孤獨的音符處於一部浩瀚的音樂中，難免恐懼。這恐懼是因為，他知道自己的心願，卻不知道別人的心願；他知道自己複雜的處境與別人相關，卻不知道別人對這複雜的相關取何種態度；他知道自己期待著別人，卻沒有把握別人是否對他也有著同樣的期待；總之，他既聽見了那音樂的呼喚，又看見了社會美德的陰沉臉色。這恐懼迫使他先把自己藏起來，藏到甚至連自己也看不到的地方去。但其實這不可能，他既藏了就必然知道藏了什麼和藏在了哪兒，只是佯裝不知。這，其實不過是一種防禦。他藏好了，看看沒什麼危險了，再去偷看別人。看別人的什麼呢？看別人是否也像自己一樣藏了和藏了什麼。其實，他是要通過偷看別人來偷看自己，通過看見別人之藏而承認自己之藏，通過揭開別人的藏而一步步解救著自己的藏——這從戀人們由相互試探到相互敞開的過程，可得證明。是呀，人，都在一個孤獨

的位置上期待著別人，都在以一個孤獨的音符而追隨那浩瀚的音樂，以期生命不再孤獨，不再恐懼，由愛的途徑重歸靈魂的伊甸園。

五十五奇斯洛夫斯基的《情戒》，就是要為這樣的偷看翻案，使這背了千古罵名的行為得到世人的理解，乃至頌揚。影片說的是一個身心初醒的大男孩，愛上了對面樓窗裡的一個成熟女人，不分晝夜地用望遠鏡偷看她，偷看她的美麗與熱情、孤獨與痛苦。當這女人知道這件事後，先是以不恥的目光來看他。幸而這是個善良的女人，善良使她看見了大男孩的滿心虔誠。但她仍以為這只是性的萌動與饑渴，以為可以用性來解救他。但當她真的這樣做了，大男孩卻痛不欲生，驚慌地逃離，以致要割腕自殺。為什麼呢？因為他的期待遠不止於性啊！他的期待中，當然，不會沒有性。其身心初醒就像剛剛走出了伊甸園，感到了誘惑，感到了孤獨，感到了愛——這靈魂全面且巨大的籲求！性只是其一部分啊，部分豈能代替整體？尤其當性僅僅作為性的解救之時，性對那整體而言就更加陌生，甚至構成敵意。大男孩他說不清，但分明是感到了。他的靈魂正渴望著接近那浩瀚的音樂，卻有一種籌謀——試圖把複雜的沉重解救到簡單的輕盈中去的籌謀，破壞了這音樂之全面的交響。

五十六當然，這大男孩會逐日成熟，就像人出了伊甸園

會越走越遠。未來，他也許仍會記得靈魂所期待的全面解救，性從而成為愛的僕從，部分將永久地仰望整體。但也許他就會忘記整體，沉緬於部分所擺佈的快樂之中；就像那個成熟的女人，以為性即可解救被逐出了伊甸園的人。未來什麼都是可能的。但現在，對於這個大男孩，靈魂的籲求正全面撲來，使他絕難滿足於部分的快樂。所幸者，在影片的末尾，那成熟的女人似也從這男孩的迷茫與掙扎中受了震動，彷彿重新聽見了什麼。

五十七應該為這樣的偷看平反昭雪。除了陷害式的偷看，世間還有一種「偷看」，比如寫作。寫作，便是迫於社會美德的圍困，去偷看別人和自己的心魂，偷看那被隱藏起來的人之全部。所以，這樣的寫作必「與社會美德有相當程度的隔絕」。這樣的偷看應該受到頌揚，至少應該受到尊重，它提醒著人的孤獨，呼喚著人的敞開，並以愛的祈告去承擔人的全部。

五十八所以，別再到那孤獨的音符中去尋找靈魂，靈魂不像大腦在肉身中占據著一個有形的位置，靈魂是無形地牽繫在那浩瀚的音樂之中的。

據說靈魂是有重量的。有人做過試驗，人在死亡的一瞬間體重會減輕多少多少克，據說那就是靈魂的重量。但是，無論人們如何解剖、尋找，「升天入地求之遍」，卻仍然是

「兩處茫茫皆不見」。假定靈魂確有重量，這重量就一定是由於某種有形的物質嗎？它為什麼不可以是由於那浩瀚音樂的無形牽繫或干涉呢？

這很像物理學中所說的波粒二象性。物質，「可以同時既是粒子又是波」。「粒子是限制在很小體積中的物體，而波則擴展在大範圍的空間中」。它所以又是波，是「因為它產生熟知的干涉現象，干涉現象是與波相聯繫的」。我猜，人的生命，也是有這類二象性的——大腦限制在很小的體積中，靈魂則擴展得無比遼闊。大腦可以孤立自在，靈魂卻牽繫在歷史、夢想以及人群的相互干涉之中。因此，唯靈魂接近著「整體性知識」，而單憑大腦（或荷爾蒙）的操作則只能陷於部分。

五十九　這使我想到文學。文學之一種，是只憑著大腦操作的，唯跟隨著某種傳統，跟隨著那些已經被確定為文學的東西。而另一種文學，則是跟隨著靈魂，跟隨著靈魂於固有的文學之外所遭遇的迷茫——既是於固有的文學之外，那就不如叫寫作吧。前者常會在部分的知識中沾沾自喜。後者呢，原是由於那遼闊的神秘之呼喚與折磨，所以用筆、用思、用悟去尋找存在的真相。但這樣的尋找孰料竟然沒有盡頭，竟然終歸「知不知」，所以它沒理由洋洋自得，其歸處唯有謙恭與敬畏，唯有對無邊的困境說「是」，並以愛的祈禱把靈魂解救出肉身的限定。

六十這就是「寫作的零度」吧？當一個人剛剛來到世界上，就如亞當和夏娃剛剛走出伊甸園，這時他知道什麼是國界嗎？知道什麼是民族嗎？知道什麼是東、西方文化嗎？但他卻已經感到了孤獨，感到了恐懼，感到了善惡之果所造成的人間困境，因而有了一份獨具的心緒渴望表達——不管他動沒動筆，這應該就是、而且已經就是寫作的開端了。寫作，曾經就是從這兒出發的，現在仍當從這兒出發，而不是從政治、經濟和傳統出發，甚至也不是從文學出發。「零度」當然不是說什麼都不涉及，什麼都不涉及你可寫的什麼作！從「零度」出發，必然也要途經人類社會之種種——比如說紅燈區和黑社會，但這與從紅燈區和黑社會出發自然是不一樣。

一個漢人在伊甸園外徘徊、祈禱，一個洋人也在伊甸園外徘徊、祈禱，如果他們相遇並且相愛，如果他們生出一個不漢不洋或亦漢亦洋的孩子，這孩子在哪兒呢？仍是在伊甸園外，在那兒徘徊和祈禱。這似乎有著象徵意味。這似乎暗示了人或寫作的永恆處境，暗示了人或寫作的必然開端。什麼國界呀、民族呀、甲方乙方呀，那原是靈魂的阻礙，是伊甸園外的墮落，是愛願和寫作所渴望衝開的牢壁，怎麼倒有一種強大的聲音總要把這說成是寫作的依歸呢？

六十一回到原來的話題吧。從人的「魂（波）腦（粒）二象性」——恕我編造此名，也是一種無知無畏吧——來

看，人就不能僅僅是有形的肉身。就是說，生命既是有形的、單獨的粒子，又是無形的、呈互相干涉的波。甚至一個人的出生，一個承載著某種意義的生命之誕生，也很像量子理論的描述：「在亞原子水平上，物質並不確定地存在於一定的地方，而是顯示出『存在的傾向性』；原子事件也不在確定的時間以一定的方式發生，而是顯示出『發生的傾向性』。」「亞原子粒子並非孤立的實體，而只能被理解為實驗條件與隨後的測定之間的相互關係，量子論從而揭示了宇宙的一種基本的整體性。」人的生命，或生命的意義，也是這樣不能孤立地理解的，還是那句話，它就像浩瀚音樂中的一個音符、一個段落，孤立看它不知所云，唯在整體中才能明瞭它的意義。什麼意義？簡單說，就是音符或段落間的相關相係，不離不棄，而這正是愛的昭示啊！

六十二　那麼，靈魂與思想的區別又是什麼呢？任何思想都是有限的，既是對著有限的事物而言，又是在有限的範圍中有效。而靈魂則指向無限的存在，既是無限的追尋，又終歸於無限的神秘，還有無限的相互干涉以及無限構成的可能。因此，思想可以依賴理性。靈魂呢，當然不能是無理性，但它超越著理性，而至感悟、祈禱和信心。思想說到底只是工具，它使我們「知」和「知不知」。靈魂則是歸宿，它要求著愛和信任愛。思想與靈魂有其相似之處，比如無形的干涉。但是，當自以為是的「知」終於走向「知不知」的

謙恭與敬畏之時，思想則必服從乃至化入靈魂和靈魂所要求的祈禱。但也有一種可能，因為理性的狂妄，而背離了整體和對愛的信任，當死神必臨之時，孤立的音符或段落必因陷入價值的虛無而惶惶不可終日。

素素小傳

素素，原名王素英。女，漢族，1955 年 4 月 2 日出生於遼南瓦房店。現為中國作家協會會員，中國散文學會會員，遼寧省作家協會理事，遼寧省散文學會理事，大連市散文學會副會長，大連市作家協會副主席，大連日報高級編輯。

已出版 9 部散文集。作品曾發表於《人民文學》、《中國作家》、《十月》、《萌芽》、《鴨綠江》、《散文》、《中華散文》、《人民日報》以及香港《文匯報》、《大公報》等報刊。有的作品被選入中國散文年選、各類散文精選、《新華文摘》等。

1996 年，獲「第四屆遼寧省優秀青年作家獎」。

2002 年，散文集《獨語東北》獲中國「首屆冰心散文獎」。

2003 年，散文集《獨語東北》獲「遼寧文學獎」。

2004 年，散文集《獨語東北》獲「魯迅文學獎」。

評委會評語

以女性溫婉之筆，抒寫雄性東北之蒼茫，素素的《獨語東北》是內心的獨白，也是東北的交響。生命的體驗，情感的投入和行走的身體力行，《獨語東北》中的東北，便不僅僅是東北浩大的地圖與典籍，而含溫帶熱、可觸可摸。素素和東北一起洞開內心之一隅。

絕唱
素素

　　盛夏的時候，走到了遼西。

　　以前從未去過遼西。對遼西的感覺就是總有風，風中帶著黃沙。離那裡不遠就是大漠，遼西被大漠烘烤得很乾燥。乾燥的遼西肯定荒涼寂寞。荒涼寂寞的遼西肯定影響人的心情。那種心情如果是長年累月，對人就是長年累月的折磨。住在遼東半島的海邊想遼西的乾燥，是暗自僥倖和慶幸那種心理。

　　盛夏的時候去遼西並不是有意，而是這個時候就走到了遼西。原以為冬天去遼西，遼西才像遼西。沒想到夏天去遼西，遼西更像遼西。那莊稼太矮小了，遮不住遼西的山。那莊稼是季節安插在這裡的過客，一場秋霜，它們就將蹤影全無。綠色在這裡顯得刺眼，它的那種隔膜和匆忙，彷彿是故意來傷遼西的心。它使盛夏的遼西比冬季的遼西還蒼涼。遼西的山並不高，但它們絕對是山，曲線優美，迤迤邐邐。偶爾地，也有高聳和挺拔。讓我百思不得其解的是，不論它高或者低，它為什麼那麼光禿，石化鐵化屍化一般，與陽光河

流雨傘花裙近在咫尺卻恍如隔世。那些沒有生命的山，讓你感覺遼西是赤裸著的，那些山是被榨乾了乳汁的女人的胴體，她們疲憊地仰臥在遼西，死了仍然在做遼西的母親。

我這樣描寫遼西，是因為遼西有自己的故事。遼西的故事是女人編織的。從走進遼西我就在想，是不是因為她們而使遼西這塊土地過早地成熟，使遼西的山脈太快地衰老乾癟？

這個故事就是紅山文化。

裸露的遼西卻懷揣了一個曠世的秘密。本世紀七八十年代，考古學家在這裡發現了一處原始社會末期的大型石砌祭壇遺址，還發現了一座女神廟遺址和積石塚群。在這些遺址和塚群下面，有美輪美奐的玉器，那玉器以它墨綠色的晶瑩，雕刻出自己的光芒。紅山文化宣佈的是一個最新消息，遼河文明早於黃河文明，中華文明史由 4000 年改寫成 5500 年。

遼西太古老了。它因為古老而神秘，因為早熟而枯涸。

我實際上就是為這一片枯涸而來。在這個星球上，最古老的文明都這樣沉靜地凝固了。尼羅河流域的古埃及城邦，兩河流域的古巴比倫王國，印度河流域的哈拉帕文化，歐洲的龐貝古城，中美洲的瑪雅文明，它們都曾經輝煌地存在過，但它們又都以自己的方式消失了。有的消失，至今仍然是誰也猜不透的謎。紅山文化的休止更是如霧如風。她們的家園曾經遍佈遼河以西，西喇木倫河以南，張家口以東，燕

山南麓長城以北。這是一片寬闊的紅土地，她們就用這一片
寬闊的紅土燒制深腹陶罐。老哈河和大小凌河牽牽絆絆纏纏
綿綿著她們，為什麼一下子就走得無影無蹤？她們是從哪兒
來的，誰是她們的祖先？她們究竟走到哪裡去了，誰是她們
的子孫？

　　不知道。不知道。

　　因為不知道，我便在遼西走不出來。

　　或許因為我是女人，才格外鍾情遼西。因為我是女人，
我才一定要拜訪那位女神，哪怕相見不相識。

　　牛河梁。一條普通的小河發源於此，那條河叫牛河，那
座山便叫牛河梁。牛河梁對面還有一座豬頭山。豬啊牛啊，
都是一些極平淡的景致，極家常的事物，很容易就能忽略。
世世代代在這裡耕田的人壓根沒有想到，數千年前就已有人
在這兒收割莊稼。冷兵器時代的馬蹄盾牌踐踏過，熱兵器時
代飛機大炮轟炸過，居然都沒能驚醒女神的夢。現代人一聲
輕叩，就與她撞個滿懷。

　　去牛河梁的時候，乾燥的遼西突然小雨如酥。女神廟就
在牛河梁北山頂上。可以清晰地看見廟的概念，看見那時候
人類對廟的理解。它由一個單室和一個多室組成，頂蓋和
牆，都是木架草筋內外敷泥，光面的泥牆上還畫有彩繪。我
是說，女神廟早已不是立體的了，只是一些古老的碎片，如
果把這些碎片拼接起來，她就該是這個樣子。

在這些碎片裡，曾有一尊生動的泥塑頭像。她等待了數千年，那溫柔的目光終於與我們相遇。她的眼睛是綠色的玉鑲嵌的，她的嘴巴含著羞澀卻似有話要說。那是一張年輕的臉，臉上有風情萬種。因為她出土時，近旁有女性的手臂和乳，所以發現了她，便有了這座廟的名字，她也便有了自己的名字。

紅山女神。

她讓我一下子望見了中華民族早期原始藝術的高峰，望見了原始宗教莊嚴而隆重的儀式。也讓我第一次看到了5500年前的人們用黃土塑造的祖先形象。原來，遼西是因為有了她，而成了一條更大的河之源。

遼西真的是母性的。只有母性，才會把那麼久遠的美麗完好地庇護到現在。只有遼西，才會哺育出這樣一位嫵媚鮮潤的女神。在那之前，人們還在崇拜自然，突然間就崇拜了人自己，而且是崇拜自己所愛的女神。母性的遼西，賦予它的子民先知般的智慧，讓她們總是走在歷史的前頭，向世界發出文明的曙光。

但是，女神那如蒙娜麗莎一樣神秘的微笑，如今有幾人能破譯？你的飾物是骨是玉？你的紋身喜歡哪種圖案？當初那麼繁盛的香火，那麼密集的人群，為什麼突然間像輕煙一樣散去？當什麼都消失了之後，在你那長久的寂寞裡，有誰走過那空空的廟宇，再為你獻上一朵野菊？

只有女神沒有走開。一直就守候在這裡，並且一直端莊

地微笑著，看日出日落，草綠草黃。她的守候似乎就為了告訴我們一句話，這兒原先並不荒涼。她那頗有深意的目光，她那欲言又止的唇，似乎還想說，如果這世界有個地方荒涼了，一定因為那裡有人或者曾經有人。

的確，站在牛河梁上，最強烈的感覺就是自然脆弱，人更脆弱。人的脆弱是因為生命本來就脆弱。當初環繞著女神跪下的人們早已不知去向。丘陵起伏著，卻沒有村莊的痕跡，也沒有隻言片語。只能放飛想像，在不遠的地方，有過炊煙和姑娘的歌聲。

那群脆弱的生命或許找到了更適於生存的地方。他們走的時候，把死去的親人留下來給女神作伴。在女神廟附近，我看見了十幾個大大小小的積石塚。漫長的歲月裡，只有這些塚與女神廟默默相對，無語也無淚。塚有圓有方，都是由未經雕鑿的石塊壘築而成。塚外砌有石牆，或圍有石樁，塚內有大小石棺墓葬。我想，塚裡的人活著時，肯定也是女神廟虔誠的香客。因為只要睜開眼睛，就是生存的喧鬧，活著就要祈禱，生命裡絕不可以沒有女神。懷有這樣的依戀，即使死了，也不可能離開女神，死了也要把靈魂安放在她的腳下。於是，那一堆一堆有序的石塚，就在山梁上擺成了一個不變的史實。

小雨把那些遠古的石頭潤濕了。我蹲下去一一地撫摸著它們，想像我的手印與古人的手印重疊。那每一座石塚，都

要上千塊大大小小的石頭。每當有人故去，氏族裡有多少人在為他送行呵！那是一個無聲的畫面，人們沉默著，漫山遍野地尋找石頭。又沉默著，看一座新塚與舊塚排列整齊。只有薩滿跳她那永不厭倦的夢魘般的舞蹈，為上路的死者祈福。那石塚，那舞蹈，那密密麻麻臉色深沉的人群，讓你覺得，由於生命脆弱，原始人類對待死，比迎接生更莊嚴，更有宗教感。

然而今人是多麼粗心。他們或許在那石堆上採過蘑菇，或許耕地時犁鏵與那些密集細小的石頭擦邊而過，歇息時甚至坐在那上面抽過一袋老旱煙。他們一直以為那不過就是一些石頭。當這些石頭成為紅山文化的符號，當考古學家從那堆石頭下面撿出了玉璧、玉龜、玉鳥、玉豬龍，他們才突然間覺得這塊被千遍萬遍詛咒過的乾燥的土地，曾經肥沃，曾經富有。那些不知名姓的先人們，日子過得相當滋潤，心情相當快樂。

他們當然沒注意到那個小石塚，更沒看見石塚裡那個幼小的孩子，沒看見孩子身旁那隻透明的玉蠶蠶。我好容易找到了那個小石塚，但那個孩子的故事只能是聽同行的遼西朋友訴說。當我聽說了這個細節時，面前便有了一個始終跳動著的小身影，他的脖子上就掛著那個玉蠶蠶項墜。玉蠶蠶被今人收藏著，它會永遠在，那稚嫩的孩子卻沒有一點音訊了。那時候，即使是一個很小的部落，也天天都會有死亡。女人給了孩子生命，卻不能看著他長大，這對她們是怎樣一

種殘酷！我知道，她們就是為此而流盡了淚水，而形容憔悴。

那個大石塚裡埋的肯定是個至高無上的人物。他與孩子一樣脆弱。他的塚裡沒有玉蠐蟈，但他有一枚玉豬龍。得感謝這玉豬龍，它從此揭開了一個古老的謎底，讓我們終於找到了華夏龍的源頭。龍原始於豬，而牛河梁的對面就是豬頭山。在圖騰時代，人們對自然的崇拜是多麼感性！龍在紅山文化遺址還有許多，我還看見了另外一條玉龍，它身體捲曲著，吻部前伸，雙眼凸起，頸脊有長鬣。活脫就是甲骨文中那個優美的「龍」字。甲骨文屬殷商文化，它比紅山文化至少晚兩千年。

卻原來，中國的第一條龍誕生在牛河梁。牛河梁是龍的故鄉。然而那創造了龍的人呢？那麼先進的文化，那麼深厚的紅土，還有他們親手雕刻的龍，他們崇拜著的女神，居然就能一走了之，龍和女神都挽留不住！

他們離開這裡時，還留下了一座大型祭壇。

它距牛河梁不遠，靜悄悄地坐落在喀左東山嘴那面黃土高坡上。它一定是在高坡上。祭壇與史前人類對自然的恐懼有關，人類因為脆弱而恐懼，因為恐懼而崇拜。為了讓神明看清楚自己的虔誠，就需要有這樣一個高處。神聖，至上，也為的是接近所崇拜的那個神祇。後來，人類連盟誓朝會封疆，也要站在一個高處。記得劉邦當年拜韓信為大將，就曾

專門築了一個壇，好像只有壇才能造足那種氣氛。去北京去過天壇地壇日壇月壇社稷壇，讀書時讀過浙江餘杭那座良渚文化的祭壇。給我的感覺，壇是人類的一種創造。它實際上就是一個讓天地昭昭日月煌煌的大廣場，人類在某一時刻想與誰對話，就到這廣場上說說好了。綠地白雲，小鳥大象，老男少女，誰都可以作證。

東山嘴祭壇也是這個模式。居高臨下，石塊堆砌而成，一座是方，一座是圓。和它比起來，北京的那些壇顯得雕鑿而且小氣。它卻是高居河川與山口的梁頂，俯瞰大凌河開闊的河道。對天對地對萬物，那是何等莊嚴何等痛快的傾訴和表達！可以想像，當年在這個廣場上祈天求地的不可能只是一個氏族或一個部落。它與女神廟一樣，是許多部落或者是一個王國共同的聚會之所。那祭壇從未閒置過，祭壇上面，幾乎每天都旋轉著蒼涼的歌舞，飄落著歡樂的淚水，還有無數或圓或碎了的心願。

然而東山嘴最打動我的不是這些，而是在它圓形基址周圍發現的那幾個紅色的女性泥塑像。有兩個居然是孕婦塑像，而且裸體。在中國，遠古的裸體女像，這還是第一次發現。我也是第一次這麼強烈地感受到孕婦的裸體美。她們的女性特徵太明顯了，腹部凸起，臀部肥大，體態自然優雅，優雅裡還有一種壯碩。她們的那種舒展，那種健康，是站在陽光下的感覺。

我想，在這一片鮮紅的背景裡，有這樣一群健康可愛的

女人，怎麼能不讓那些男人激情難抑？在男人那野火般的愛裡，生育是多麼普通的事情？所有的女人都可以成為母親，女人的肚子，此起彼伏。然而她們無怨無悔，生生不息。女人生命的韌性，其實就是從孕育生命獲得的。女人並不天生柔弱，在原始部落裡，她們與男人一樣裸體，一樣勞作，還要鼓脹著受孕的腹，為氏族生育子孫。那個時候太需要子孫了，動物太兇猛，生存太難，有人群就有一切。女人承擔了此任。

於是，出於對生育之神的崇拜，也是出於恐懼，男人們就用那雙粗糙的大手，捏出了女人的乳，女人的肚子。然後把她們安放在祭壇之上，心中默念著祈語，默念著一個女人的名字。當年的那個場景，一定十分感人。什麼時候，女人回到了後院？當然是在她們的子孫越來越多之後，在人的欲望越來越複雜之後，在有了尊卑貴賤和政治之後。這世界變得擁擠，她們從此大門不出二門不邁，別說她們的肚子，連那雙被裹得變了形的小腳，也要嚴嚴實實地遮在衣裙之下。女人從此學會了咬緊牙關，無聲地笑，無聲地哭，無聲地呻吟。女人從此有了病態。

東山嘴的女人算是有福，她們可以挺著大肚子，在遠古的藍天下任性地走來走去。她們因為能生養孩子而受尊敬，因為健康，而讓那個充滿恐懼的世界那些脆弱的靈魂有了支撐。

那祭壇的基址還出土了一些紅色的陶罐，陶罐上描繪著

黑色的彩紋。每個陶罐，只有紅黑兩種顏色，是單純的凝重，是古樸的時髦。東山嘴的女人呵，你用這陶罐盛過烈性的酒麼？那粗糙的大碗，可曾使爛醉的男人跳舞？喝醉了，他們說些什麼？可曾透露要走的消息？

那幾天，我一直是與遼西的朋友們在山野裡奔跑。遼西比我原初的想像更古老。在遼西，自然與人類再脆弱，卻不論什麼時候總要在這兒留下一點痕跡，總要在這裡停一會兒。生命在這裡從未絕過種。

6億年前，這裡是海洋。它使乾燥的遼西生產各種各樣的魚化石，貧窮的農民拿這些化石賺了一筆小錢。沒去遼西的時候，我的桌上就有遼西朋友送的一片侏羅紀時代狼鰭魚化石。那是一個相當生動的畫面，然而那兩條魚正在游著，突然就靜止了。滄海已變成桑田。

2億年前，一支龐大的恐龍家族正在大凌河邊悠閒地散步，火山爆發了，厚厚的火山灰和熾熱的熔岩覆蓋了一切。本來是一場災難，卻讓我們通過恐龍巨大的足印，通過椎葉蕨、銀杏、擬卷柏化石，看見了遙遠的綠色的遼西。與那綠色一起凝固的還有鳥兒們。我剛剛離開遼西，就聽見了由它發佈的震驚世界的新聞：鳥類專家認定，德國的始祖鳥不是世界上最早的鳥，遼西的孔子鳥才是真正的鳥類始祖。可見那時候的遼西是多麼的蔥蘢，多麼的繁茂！

在魚和鳥之後出場的才是人。

　　10 萬年前，當周口店的北京人圍著火堆分吃熟肉的時候，喀左的鴿子洞人也小心翼翼地烤羊腿了。只是那個孩子吃完了最後一口，扔掉了換下的乳牙，就頭也不回地隨著大人們走出了洞穴。這裡從此便只有野鴿子飛進飛出，那些獵羊人再也沒有回來。

　　4 萬年前，大凌河邊的建平人漁獵正酣。他們的祖先也可能就是鴿子洞人。只是不能想像，他們之間只有幾十公里的路程，竟然走了 6 萬年！

　　一萬年前，從華北走過來一群人。他們是經過這裡，手裡握著楔形石核，一路向北向北。他們走過大興安嶺，走過貝加爾湖，走過白令海峽，一直走到北美南美。他們就是後來的印地安人。那時，遼西大走廊相當寬闊，而且水草豐美，說不定就有掉了隊的華北人留在了遼西，與鴿子洞人建平人一起成為紅山女神的祖先。

　　假使這樣，那供奉著女神的牛河梁，那高築著祭壇的東山嘴，那個神秘的王國，究竟誰是它的主宰？

　　一位考古學家用手指了指燕山。他認為，燕山在商代叫炎，其實它的來歷可能還要早，和傳說中的炎帝有關。《左傳》中說，黃帝（與炎帝）戰於阪泉。阪泉就是現在的燕山一帶。《海內經》和《列子》也說，炎帝是因居於炎山而名炎帝，只是在黃帝戰勝了炎帝之後，燕山地區才歸黃帝軒轅氏佔有。所以燕山最早應是炎帝的領地。

　　那麼，牛河梁東山嘴就應該是炎帝的都城。那麼，關於

三皇五帝就不再是傳說，而是一個失蹤了的時代。那麼，牛河梁東山嘴之所以荒蕪至今，是因為炎帝被黃帝打敗，這裡曾經是一個瀰漫著血腥味兒的古戰場。我終於明白，是人類的自戕，造成了人類的自失。嗚呼，紅山文化就這樣空寂了，炎帝的子孫就這樣被流放了。

在歷史的縫隙裡，還有多少被人類自己扼殺而失蹤的故事？還有多少都城多少壇廟因為人類自己的打磨而難以辨認？紅山文化不啻是一個索引，它在讓我眺望歷史的同時，也讓我對歷史惑然。歷史其實佈滿了我們無法探看的黑洞。

我當然知道，黑洞並不是空白，歷史永遠沒有終結。紅山時代消失了，別的時代又開始了。一個種族亡逸了，另一個種族又誕生了。炎帝走後，這裡仍然有故事。夏商時，這裡是孤竹國，伯夷和叔齊恥食周粟的傳說，老馬識途的傳說，就發生在這裡。秦漢時，這裡屬遼西郡和右北平郡。三燕時，這裡叫龍城。但使龍城飛將在，不教胡馬度陰山，寫的就是鎮守右北平的漢將李廣。隋唐時，這裡叫營州，隋四伐高麗唐六征高麗都曾以此為行帳。就連「朝陽」這個名字也是乾隆東巡時御賜的……每朝每代，都在這裡銜接得天衣無縫。然而，只有女神明白，紅山文化對於中國文明史，是絕唱，絕響，是空前絕後。歷史可以沒有許多東西，但不能沒有它。它震撼的不僅僅是中國，還是世界，它讓所有的人都因為它而仰望遼西。

　　遼西給了我們這麼多，它怎麼能不枯涸！遼西老了，女神仍然年輕。歷史老了，時間永遠年輕。

　　面對古典的母性的遼西，我的心裡漲滿了滄桑。這世界曾經有過的輝煌總能因種種理由被湮沒成塵土，今天所擁有的一切，我們要怎樣呵護珍惜才不再讓它風流雲散？這世界已經開始沙化，自然的沙化和心靈的沙化已經悄悄地向我們逼近，我們要怎樣阻攔遮擋才不發生遼西那樣的乾燥？

永遠的關外
素素

　　第一次與長城謀面是在北京的八達嶺。

　　我一直以為長城只有一條，東起山海關西到嘉峪關。我一直以為長城就是秦始皇修的，與長城有關的故事就是孟姜女那死去活來的哭，長城簡直就是統治者強迫勞動人民幹活的鐵證。這是小學課本留給我的印象。所以我千里迢迢地從大東北跑到北京來登長城。

　　那是許多年前深秋的一個日子。我在長城上走著時，忽然就忘了秦始皇和孟姜女，而是一面向北張望，一面向南端量。不知是長城兩邊的風光不同，還是我的心情複雜，我的目光向北張望時，在北方的空曠裡停留了很久。我聞到了一種撲面的荒涼，感覺出一種不容分說的拒絕。那齒狀的用以發射箭簇的城堞，也是在向北的一面。北面是異族。雄關如鐵，馬蹄聲嘎然而止，兩個世界截然分開。我彷彿看見了遠古的旌旗和烽煙，看見了兩軍對峙時那敵意的面孔。我知道，長城外還有很遠才能走出河北地界，長城外不僅有內蒙古，還有大東北。想到遙遠的東北，我心裡真真切切湧出了

一種東西，這東西就是做東北人才會有的那種被隔在了外面、一直想加入卻一直也加入不進來的感覺。原以為來長城只是看看秦始皇的大工程，再看看被孟姜女哭倒的那一塊牆角，沒想到，長城在我心裡是突然間豎起的一塊巨石，心情不是驕傲也不是憤怒，而是有了一種障礙。

再次與長城相見是在山海關。

山海關對於長城，像一首歌子的休止。山海關對於中原和東北，則是一個概念，一種暗示。背對東北，走過它就是入關，背對中原，走過它就是出關。所有走到它面前的人，都會立即站住，並若有所思地打量哪裡是家，哪裡是客。

這是 1996 年的夏天，我混在旅遊者中間，在山海關的城樓上盤桓。許多年前八達嶺上的那種感覺又捲土重來。但山海關比八達嶺更讓我明白我是誰，我從哪裡來。山海關使橫在我心裡的那種障礙更有質感。只有在這裡，我才能把東北看得更清楚，才知道什麼叫東北，它為什麼叫關外。

在山海關的城樓上走著，我想起了第一個給我講長城的老師，想起了那本狹小的歷史書。我曾以為歷史就是歷史，歷史是不可更改的，即使是寫給小學生看的歷史書也是不可更改的。這真是可笑之極。歷史被它自己的塵沙掩埋得太厚了，要不斷地辨認，不斷地考古，才可能看見它本來的面目。寫出來的歷史，就已經不是歷史，歷史其實是個永遠令人懷疑的東西。

無論如何，我終於知道，中國有長城的歷史已 2700 多

年。中國的長城不止一條，也不止萬里。中國最早修長城的
不是北方人，而是春秋時代江南的楚國。楚國修的也並不叫
長城，而叫方城。我也終於知道，我上一次和這一次登的都
是明長城，跟秦始皇孟姜女沒有關係。明長城是中國最後一
條長城，也是最堅硬的一條長城。

站在山海關這個地方，我好像是將歷史的書頁從後往前
翻。長城如一尾尾魚，在我眼前穿梭般滑過。在中國的北
方，有多少條長城從中原蜿蜒著伸向東北呵！因為有長城，
中原與東北永遠地藕斷絲連，那長城對東北其實是一種告
訴：你東北永遠地讓中原既牽腸掛肚又處處設防，既拒之門
外又要強拉入懷。東北是優越的，常常讓中原人出冷汗，東
北又是悲劇的，讓中原人視你為異己。

一個關外的女人，在山海關上看關外，是趴著牆頭看自
家院子的那種熟悉和陌生。因為從來沒從這個角度審視東
北，東北的許多景致一直是模糊的，影影綽綽的。現在它可
是從未有過的清晰！

最古老的那一段長城是燕長城。

在戰國的諸侯之列，燕也是一雄。它先築南界長城禦
趙，後又築北界長城卻東胡。築南界長城時，敵人不止趙國
一個，南有齊，西有強秦。燕的國都在易水北岸不遠的地
方，長城簡直就是它生命的護符。然而到燕王喜的時候，燕
已是強弩之末了。那個曾經在秦當過人質受過屈辱的太子丹

居然在這個時候還想孤注一擲，派荊軻去刺秦王。於是在易水河邊，就有了那場千古少見的送別，有了高漸離悲壯的擊筑和荊軻士為知己者死的高唱：「風蕭蕭兮易水寒，壯士一去兮不復還！」結果是圖窮匕首現，秦王沒有被刺死，刺客荊軻死了，繼承荊軻的高漸離也死了。而那個被秦王嚇壞了的燕王喜派人殺了太子丹之後，他和燕國也一起死在秦之刀下了。這是發生在長城腳下最早也是最大的悲劇。

延伸入東北的第二條長城是秦長城。

《史記・蒙恬傳》說：秦已併天下，乃使蒙恬將 30 萬眾，北逐戎狄，收河南，築長城，因地形，用制險塞，起臨洮，至遼東，延袤萬餘里。秦長城在東北，是從赤峰進入遼西又直抵遼東。那時，秦始皇已一統天下，卻仍覺不夠安全，因為北方有匈奴。於是他像撿便宜似的，把他的秦長城與趙、燕長城聯綴起來，修成了個橫亙東西的萬里長城，而「萬里長城」就從他開始叫響了，好像天下的長城都是他修的，長城成了他的名片，他創的名牌。秦始皇和秦二世都來過遼西。如今在綏中境內的海邊，留有一座碣石宮遺址，是他們當年的駐蹕之地。碣石宮對面的海上，有幾塊突兀的礁石，是秦始皇東臨時的碣石碑。秦時的磚，秦時的瓦，秦時的碣石，如今仍然生動。而那深埋地下的冷藏缸，則讓我看見了 2000 多年前帝王之家的奢侈，它證明的是，秦王的每一次東巡都停留了很久。大東北從中國的第一個皇帝開始，就成為他們嘴邊一塊又肥又燙的肉，帝王們在得到了東北之

西南，剛剛離開山海關一段距離。它也是關，關外第一關。遠望時，它像一隻鷹，身子紮進谷底，兩翅翔在峰巔。身子是關，兩翅是城，在巍峨的燕山與連綿的遼西之間攔擋著。谷底流著九門河，城關其實是一把梳子似的泄水城門，因為關門有 9 個而叫「九門口」。女牆在河北一面，城堞在遼西一面。有一會兒我突然轉向了，為什麼槍口還是對著東北？呵，東北是關外，槍口理所當然要指向女真的馬隊。歷史上的九門口可沒這麼安詳過。不遠處有一座朱梅墓。由朱梅我想到那個置努爾哈赤於死地的袁崇煥。在寧遠保衛戰中，朱梅和袁崇煥一起擊敗了努爾哈赤，後來又一起擊退了皇太極。皇太極恨透了袁崇煥，像他的先祖金兀朮們使一個離間計就讓趙構殺了岳飛一樣，他使了一個離間計就讓崇禎皇帝殺了袁崇煥。因朱梅退鎮山海關有功，死後明廷在他戰鬥和保衛過的九門口長城腳下，建造了這座大墓園。一段城牆，一座關卡，只要它站立在這裡，就有或悲或喜的劇碼上演。明朝的皇帝們以為有一條長城就可以讓子子孫孫受用不盡，他們忘了一個王朝如果昏庸腐敗，就會腹背受敵，當關內的農民與關外的清軍兩面夾擊時，那崇禎皇帝照樣得跑到景山上去上吊。李自成與多爾袞在九門口相遇了。但他沒想到山海關守將總兵吳三桂因為愛妾陳圓圓叫劉宗敏擄去而叛明降清，並出關迎請多爾袞入關。可憐的李自成農民軍打得了明軍打不過清軍，反而從關內幫了清軍一個大忙，讓努爾哈赤的夢想變成了現實，清軍不費吹灰之力就成了關內的主人。

長城是什麼？對於北方的遊牧者，長城就是目標。城越長，越堅固，越能刺激他們的戰爭欲和佔領欲。這是修長城的人的悲劇，也是長城自己的尷尬。

有人說，長城表達的是中原農耕民族對北方遊牧民族的恐懼。遊牧者其實也恐懼中原，而且，遊牧者彼此之間還互相恐懼。站在山海關，我不僅看見了中原伸進東北的長城，我還看見了大東北的少數民族自己修的長城。細細端量它們我才明白，長城在中國已經成為一種模仿和競賽，它已經由一種中原文明擴張為整個中華民族不約而同的追隨。一條長城，就是一個民族自己的心曲，是一個民族生命的線索。長城的起伏跌宕，就是一個民族的潮漲潮落，一個民族的歷史。

高句麗因害怕唐朝攻伐，一邊遣使上貢，一邊「築長城，東北自扶餘城，西南至海，千有餘里」。高句麗人善舞善酒善戰，還善築城。他們築長城，也築山城。桓仁的五女山城，集安的丸都山城，金州的卑沙城，那些城可以從大連灣羅列到吉林，已經成了東北的一大景觀。長城與山城，建構了這個民族好鬥不屈的個性。然而，它還是被大唐所滅。

契丹人築過 3 條長城。他們曾「築長城於鎮東海口」。在《遼史‧太祖本紀》裡，只簡略地記了這麼一筆。鎮東海口，也叫鎮東關，建在遼東半島蜂腰處，清代以後叫南關嶺。這條所謂的長城只有 9 公里長，卻連接了兩個海，東起

於黃海岸邊，西止於渤海岸邊。契丹人的另一條長城，在呼倫貝爾草原上，如一根金色的飄帶，由東而西萬餘里。它完全是土築的，然而再狂野的馬也跨不過去。還有一條長城建在松花江邊。一看便知，它針對的是契丹的死敵女真。它也很短小，或許是已經來不及，或許是壓根就沒把女真看在眼裡。最後來滅遼的卻正是女真。

完顏氏建立金朝時，蒙古人總在它的背後虎視耽耽，於是金就在與蒙古接壤的地方修起了長城。史籍上不稱長城，而叫界壕，或者叫成吉思汗邊牆。它是阻擋成吉思汗的，卻叫成吉思汗，抑制不住地恐懼。這種感覺也沒錯，像是個預言，後來成吉思汗的確就是女真的掘墓人。金的另一條長城起於大興安嶺北麓，穿過呼倫貝爾草原，直達漠北沼澤地帶，叫明昌故城，也叫兀朮長城。彷彿宿命一般，那長城防誰，最終就被誰消滅。

我沒見過元長城。但有人說蒙古人修繕過前代的長城。我想，這好像不是蒙古人的性格，因為這個民族在骨子裡就沒有邊界意識，他們在大草原上馳騁慣了，他們只會用馬蹄去踐踏別人修好的長城，而不會馬放南山去長年累月的修那個死氣沉沉的長城。如果停下馬幹這個，他們會跑得那麼遠麼？

清王朝也不修長城，但他們有柳條邊。柳條邊不是戰爭工事，那綠色的柳渲染的是一種家園氛圍，就是不讓關內的老百姓來拿我東北老家的人參貂皮鹿茸角，「關外三大寶」

是滿族人的私房體己。他們插柳結邊，以定內外，於是，東北又多了一個別稱——邊外。

由長城牽線，便可以與這些少數民族一一握手。作為一個民族，他們都曾經無比生動。然而，那永無休止的戰爭和掠奪，既給他們鮮艷，也使他們萎縮，乃至種的退化。那縱橫交錯的長城，既給他們廣闊，也給他們逼仄。關之外，還有邊外。東北不但被一層一層隔在了外面，隔在了遠方，東北還作繭自縛一般，自己將自己一層層包裹進了黑暗。長城之在東北，編織的是天羅地網。

我寫長城，是因為中原的長城夠多了，東北居然還有這麼多。我寫長城，是因為長城是獨屬於中國的，世界上沒有任何一個國家以這種方式表達自己的強大或軟弱。2000 年中，前後有 20 多個諸侯國和封建王朝修築過長城，如果把所有的長城加起來，可以繞地球一周。它使中國人不論走到哪裡都離不開長城，它蛇一樣盤踞你穿過你。看長城看久了，也可以看得恐懼。魯迅有一篇專門寫長城的文章，全文只有 156 個字，對長城是有話要說卻不想多說的那種。他說，長城從來不過是徒然役死許多工人而已，胡人何嘗擋得住。他說，我總覺得周圍有長城圍繞，舊有的古磚和補添的新磚，這兩種東西聯為一氣造成了牆壁，將人們包圍。這偉大而可詛咒的長城！

偉大而可詛咒，就是長城。在所有我讀過的寫長城的篇

什中，這是最精采的一筆。我對長城更多的是悲憫。這種悲憫不是因為孟姜女的哭。它的確首先是一堵厚厚的牆，然後將你包圍。它讓你飛不起來，或者壓根就不會飛。只能走，走得很慢，迂迴曲折。戰爭其實是很快發生又很快就結束的，戰爭的間隙卻相當長，於是就可以從從容容過日子似的修長城。所以長城又不僅僅是一堵有形的牆，還是一種無形的盾。大家不一定非要打仗，但要設防。長城已經成為中國人心靈的掩體，精神的盔甲。長城也成了中國先人最公開的隱私，它讓你永遠走不近別人，別人也永遠走不近你。

山海關作為天下第一關，對東北人更具有特殊意味。當所有曾經行走在大東北的長城都沒有阻擋的力量了，在東北人面前，還有山海關。山海關不是風景，而是一扇沉重的很難開啟的門，它影響了自有它以後世世代代東北人的心理、觀念、行為乃至生活方式。它站在那裡好像就是要對東北人說，你在關外，你進不來。它一面讓東北人因為人家閉關而自守，一面又使東北人困獸猶鬥，更加地蠻氣十足。惰性養出了東北式懶漢，野性便養出了東北牌土匪。東北人的粗獷和粗糙，東北人的自尊和知足，東北的肥沃和荒涼，因山海關而愈加生發開來。除非戰爭或者成為戰俘，東北人進關的少。進了關，走到哪裡都是一腳高一腳低，渾身的不自在。直到現在，東北人到了南方，大老遠一眼就能被識破。

山海關不但讓東北人進不去，也讓中原人出不來。出了關，就家山遙遠。與進關的相比，出關的還算多。除了「在

旗人」，東北人幾乎都是闖關東的流民以及流民的後裔。東北還有一群特殊的人物，就是流放者隊伍，或者叫罪犯。東北在歷史上一直被視為畏途。大雪，大荒，大獸，彷彿是另一個世界。如今來東北的人大多是幹粗活的打工仔，東北有大豆高粱，有石油機器，但東北仍是一塊凍土，需要人力來刨。

　　這一切不是因為遙遠，而是由於長城太密集，由於山海關太嚴峻。它們在東北人心裡，投下了一片長長的揮不去的陰影。寫這篇文章時我就在想，東北人的靈魂，什麼時候能真正地越過長城，越過山海關，以飛翔的姿態，在這個世界上來去自由呢？人類已共同走近公元後 2000 年，許多古老的圍牆已推倒，世界敞開著，中國也敞開了，東北人還端著大架子扭捏什麼！

南帆小傳

南帆，1957 年出生於福州，1975 年下鄉插隊，1978 年考入廈門大學，1982 年考入華東師範大學研究生，1984 年畢業後至福建社會科學院工作至今。現為福建社會科學院院長，福建省作家協會副主席。已經出版學術專著、散文集多部。

評委會評語

南帆的散文睿智深邃，他對歷史疑難和現實人心的不懈追問，顯示了生命的厚度、寬度和溫度；他審美情感與智性審視的融匯，拓展了中國散文的審美空間。

辛亥年的槍聲
南帆

一

許多歷史著作記載了辛亥年三月份廣州的那一陣密集的槍聲。那時的廣州是擱在中國南部的一座發燙的活火山，革命家和志士仁人穿梭往來，氣氛緊張詭異。舊曆三月二十九日下午五時許，總督衙門附近砰砰地響成一片，流彈噓噓地四處亂飛。槍聲並沒有持續多久，但是，大清王朝的歷史已經被打出了許多窟窿。

一個敢於驚擾大清王朝的書生當場中彈就擒。林覺民，字意洞，二十四歲，福建閩侯人。如今人們只能見到一張大約一個世紀之前的相片：林覺民眉拙眼重，表情執拗，中山裝的領口繫得緊緊的。他被一副鐐銬鎖住，噹啷噹啷地押進總督衙門的時候，這件中山裝肯定已經多處撕裂，纏在手臂上作為記號的白毛巾也不知去向。腰上的槍傷劇痛錐心，林覺民還是心猶不甘地環目四顧。終於跨入了戒備森嚴的大門，然而，他是一個階下囚而不是佔領者。

時過境遷，不少人都可能表現出了不凡的歷史洞見。哪怕僅僅提供三五十年的距離，歷史的脈絡就會蜿蜒浮現。反之，身陷歷史的漩渦，種種重大的局勢判斷有些像輪盤賭。一種理論，幾場騷亂，若干激動人心的口號，還有報紙、雜誌和傳單，這一切足夠說明一個朝代即將土崩瓦解嗎？然而，林覺民堅信不疑。他義無反顧地將自己的生命押在這個結論之上——林覺民決定用一副柔弱的肩膀拱翻一個王朝的江山。

不成功，便成仁，他完全明白代價是什麼。起義前三天的夜晚，林覺民與同盟會的兩個會員投宿香港的濱江樓。夜黑如墨，江畔蟲吟時斷時續。待到同屋的兩個人酣然入眠之後，林覺民獨自在燈下給嗣父和妻子寫訣別書。〈稟父書〉曰：「不孝兒覺民叩稟：父親大人，兒死矣，惟累大人吃苦，弟妹缺衣食耳。然大有補於全國同胞也。大罪乞恕之。」擱筆仰天長歎。白髮人送黑髮人，心碎的是白髮人；可是，自古忠孝難以兩全，飽讀聖賢書的嗣父分辨得出孰輕孰重。林覺民的〈與妻書〉寫在一方手帕上：「意映卿卿如晤：吾今以此書與汝永別矣！」這句話落在手帕上的時候，林覺民一定心酸難抑。孤燈搖曳，一聲哽咽，兩頰有淚如珠：「吾作此書時，尚是世中一人；汝看此書時，吾已成陰間一鬼。吾作此書，淚珠和筆墨齊下，不能竟書而欲擱筆，又恐汝不察吾衷，謂吾忍舍汝而死，謂吾不知汝之不欲吾死也，故遂忍悲為汝言之。」〈與妻書〉一千三百來字，一氣

呵成，絹秀的小楷一筆不苟。兩封信，通宵達旦，嘔出了一腔的熱血，內心一下子平靜下來。生前身後的事俱已交割清楚，二十四歲的生命一夜之間完全成熟。

〈稟父書〉和〈與妻書〉是人生的斷後文字。必須承認，相對於如此決絕的姿態，總督衙門的戰役顯得過於短促，甚至有些潦草。林覺民與同盟會員攻入督署，不料那兒已經人去樓空。他們打翻煤油燈點起了一把火，然後紛紛轉身撲向軍械局。大隊人馬剛剛湧到東轅門，一隊清軍橫斜裡截過來。激烈的巷戰立即開始，子彈噗噗地打進土牆，碎屑四濺。突然，一發尖嘯的子彈如同一隻蝗蟲飛過，啪地釘入林覺民的腰部。林覺民當即撲倒在地，隨後又扶牆掙扎起來，舉槍還擊。槍戰持續了一陣，林覺民終於力竭不支，慢慢癱在牆根。清軍一擁而上，人頭攢動之中有人飛報：抓到了一個穿中山裝的美少年。

審訊常常是大規模騷亂的結局。要麼統治者審問叛逆者，要麼叛逆者審問統治者。現在，主持審訊的仍然是兩廣總督張鳴歧。林覺民和同盟會的人馬抵達的時候，張鳴歧已經越牆而去。一種說法是，張鳴歧手腳利索，望風而逃，他拋下的老父張少堂和妻妾三人瑟縮於內室的一隅，哀聲苦求饒命；另一種說法是，張鳴歧事先得到了細作的密報，督署僅是一幢空房子，四面伏兵重重，同盟會中了圈套。不管怎麼說，騷亂並沒有改變既定的格局。

當然，張鳴歧和林覺民共同明白，大堂上的吆喝、驚堂

木、刑具以及聲色俱厲的控告都已喪失了意義。身負鐐銬的林覺民心懷必死之志。老父牽掛，嬌妻倚門，二十四歲的人眼神清澈，步履輕盈，但是，林覺民還是堅定地往黃泉路上走去──那麼多的福州鄉親已經在鬼門關那邊等他了。半個月之前，林覺民潛回福州，召集一批福州的同盟會會員秘密赴粵。他們在台江碼頭分搭兩艘夾板船抵馬尾港，隨後換乘輪船出閩江口，沿海岸線南下廣州。總督衙門一役，殞命的福州鄉親多達二十餘人。林覺民深為敬重的林文已經先走了一步。東轅門遭遇戰，林文企圖策反李準部下。手執號筒的林文挺身而出，帶有福州腔的國語向對方高喊「共除異族，恢復漢疆」，應聲而至的是一枚刻薄的子彈。子彈正中腦門，腦漿如注，立刻斃命。馮超驤，「水師兵團圍數重，身被十餘創，猶左彈右槍，力戰而死」；劉元棟，「吼怒猛撲，所向摧破，敵驚為軍神，望而卻走，鏖戰方酣適彈中額遽仆，血流滿面，移時而絕。」還有方聲洞，也是福州閩侯人，同盟會的福建部長，曾經習醫數載，堅決不願意留守日本東京同盟會：「義師起，軍醫必不可缺，則吾於此亦有微長，且吾願為國捐軀久矣」，雙底門槍戰之中擊斃清軍哨官，隨後孤身被圍，「數槍環攻而死。」林尹民，陳更新，陳與燊，陳可鈞，還有連江縣籍的幾個拳師，他們或者屍橫疆場，或者被捕之後引頸就刃，林覺民又怎麼可能獨自苟活於天地之間？

　　想用囚犯的演說打動審訊者，這無異於與虎謀皮。但

是，林覺民的灼灼目光與慷慨陳詞還是震撼了在座的清軍水師提督李準。世界形勢，清朝的朽敗，孫中山先生的偉大事業，林覺民血脈賁張，嗓門嘶啞，激烈的手勢將身上的鐐銬震得噹啷啷地響。即使是一介武夫，李準也能夠明顯地感受到林覺民身上逼人的英氣。他揮手招來了衙役，解除鐐銬，擺上座位，筆墨侍候。林覺民揉了揉僵硬的手腕，坦然地坐下，揮毫疾書，墨跡淋漓飛濺。剛剛寫滿一張紙，李準立即趨前取走，轉身捧給張鳴歧閱讀。大清王朝忽喇喇如大廈將傾，螻蟻般的草民茫然如癡，革命者鋌而走險，拳拳之心誰人能解？林覺民一時悲憤難遏，一把扯開了衣襟，揮拳將胸部擂得嘭嘭地響。一口痰湧了上來，林覺民大咳一聲含在口中而不肯唾到地上。李準起身端來一個痰盂，親自侍奉林覺民將痰吐出。

目睹這一切，張鳴歧俯身對旁邊的一個幕僚小聲說：「惜哉！此人面貌如玉，肝腸如鐵，心地如雪，真奇男子也。」幕僚哈腰低語：「確是國家的精華。大帥是否要成全他？」張鳴歧立即板起臉正襟危坐：「這種人留給革命黨，豈不是為虎添翼？殺！」

命運的枷鎖並沒有打開。

林覺民被押回獄中，從此滴水不肯入口。數日之後，一發受命於張鳴歧的子彈迫不及待地蹦出槍膛，準確地擊中了他的心臟。刑場傳來的消息說，就義之際，林覺民面不改色，俯仰自如。林覺民死後葬於廣州的黃花崗荒丘，一共有

七十二個起義的死難者埋在這裡。風和日熙，黃花紛紛揚揚，漫山遍野；陰雨綿綿，那就是七十二個鬼魂相聚的時節。墳塋之間啾啾鬼鳴，議論的仍然是國事天下事。

五個多月之後，也就是辛亥年九月，公曆 1911 年 10 月，武昌起義成功。辛亥革命推翻了千年帝制，民國成立。

二

即使是結識歷史人物，也是需要緣分。

我長期居住在福州，幾度搬家，每一處新居距離林覺民紀念館都沒有超過一公里。儘管如此，我對於這個人物從未產生興趣。紀念館是清代中葉的建築，朱門，灰瓦，曲線山牆，三進院落。附近的高樓鱗次櫛比，紀念館還能在玻璃幕牆之間堅守多久？我對這一幢建築物命運的關注遠遠超過了它的主人。一個有趣的歷史問題始終沒有進入我的視野：一個僅僅活了二十四年的人有什麼資格佔有一個偌大的紀念館？現在，歷史已經被一大批騷人墨客調弄成下酒菜。他們或者鍾情於帝王及其皇宮裡的金枝玉葉，或者努力修補富商大賈的家譜。林覺民這種「拼命三郎」式的革命家顯然太沒有情趣。可是，在我四十八歲的時候，那個僅僅活了二十四年的人突然閃出了歷史著作站到跟前。林覺民這個名字鬼魅般地撞開了我的意識大門，種種情節呼嘯著在腦子裡橫衝直撞，令人神經亢奮，夜不能寐。

生當人傑，死亦鬼雄，我終於從福州的子弟身上也看到

了這種擲地有聲的性格。

福州是東海之濱的一個中型城市，兩江穿城，三山鼎立，長髯飄拂的大榕樹冠蓋如雲。這裡氣候溫潤，物產富庶，江邊的碼頭人聲如沸，魚蝦的腥味隨風蕩漾；市區小巷縱橫，炊煙瀰漫於起伏錯落的瓦頂之上。歷史記載證明，福州人的祖先多半來自北方的中原。魏晉時期開始，北方的中原烽火連天，一些富庶的名門望族扶老攜幼倉皇南逃，其中一部分陸續落腳在這裡。可以想像，這些逃跑者的後代性情溫和，血液的沸點很高，不到萬不得已不會破門而出。據說福州許多女人的日子很愜意。她們戴著滿頭的捲髮器到菜市場指指點點，身後自然有一個拎菜籃的男人跟上付賬。另一種更為誇張的說法是，這些男人連涮馬桶、倒夜壺也得親自動手。總之，這些男人的骨頭軟，胸無大志，撐不起歷史的頂樑柱。我在這個城市的一條巷子裡長大，打架毀牆揭瓦片無所不為，但是，這種市井無賴的形象無助於證明福州男人的高大。現在，林覺民如同一顆耀眼的流星劃過這個城市的漫長歷史。仰天長嘯，壯懷激烈，福州也有這等頂天立地的好漢。我母親也姓林，一樣的閩侯人，我或許可以大膽地將林覺民視為母親這個譜系的一個先輩。

燕趙多慷慨悲歌之士。相形之下，福州人似乎有些心虛。為什麼他們享受不到這種美譽？肯定存在某種偏見。當年林覺民從福州召集了一批鄉親赴粵，他們多半剛烈豪爽，精通拳棒。這些人的種子仍然撒在福州的肥沃土地上。他們

的後裔常常四處奔走，掄起一對拳頭打遍天下不平事。不少人通過不正規的渠道踏入日本島國，或者飄洋過海來到美國。他們隱居在東京和紐約的唐人街，只聽得懂鄉音而不諳日語和英語。某些時候，他們會突然出現在街頭，揮拳將不可一世的日本鬼子或者美國佬打得鼻青眼腫。美國的警車衝入唐人街哇哇亂叫，回答他們的一概是福州話。據說，紐約的警察局貼出了一條廣告：招募懂得福州方言的員警。當然，我不願意人們將我的鄉親想像成一夥莽漢。我的另一些鄉親文采斐然。犧牲在東轅門的林文工詩文，音節悲壯，沉鬱頓挫：「極目中原事，干戈久未安。豺狼當道路，刀俎盡衣冠。大地秦關險，秋風易水寒。〈雪花歌〉一曲，聽罷淚漫漫。」如果不是用福州方言誦讀，人們肯定會將作者想像成一個關西大漢。

我常常考慮，問題是不是就出在福州方言之上？語言學家可以證明，福州方言恰恰是來自中原的古漢語。那些南遷的名門望族帶來了中原的口音，福州方言之中可以發現大量的古漢語用法。這些口音捂在南方的崇山峻嶺之中，漸漸與北方中原割斷了聯繫而成為方言。然而，自從中原文化被視為正統之後，方言似乎就是蠻夷之地的鳥語。福州方言多降調，而且保存了許多古漢語的入聲，聽起來嘰哩咕嚕的一片。北京人說起話來抑揚頓挫，連罵娘的節奏都格外舒緩。他們的言辭之中可以加入那麼多的「兒」化，福州人常常覺得自己的舌頭笨得不行。即使是能言善辯的福州大佬，遇到

一口標準的京腔就像剝了衣服似地自慚形穢。我的想像之中，高大的英雄總是屹立在遠處，嘴裡肯定不會冒出土氣嚇人的方言。福州出過另一個大人物林則徐。道光年間，林則徐用漏風的國語命令：給我燒了！於是，虎門的鴉片燒成了一片火海；林則徐又用漏風的國語下達命令：抬出大砲！砲台上的大砲昂起頭來，軍艦上的英軍相顧失色。所以，林則徐林文忠公是近代史上赫赫有名的大英雄，舉世公認。儘管如此，福州還是有許多段子編排林則徐口音不準的小故事。這時的林則徐不是朝廷的欽差大臣，他只是福州人的鄉親，是我們祖上的一個可愛的老爺子。

林覺民是一個風流倜儻的才子。他二十歲的時候東渡日本留學。諳熟日語之外，他還懂得英語和德語。林覺民比魯迅小六歲，是一個現代知識份子，可以從容地出入國際性舞台。我的心目中，林覺民的形象將英雄與鄉親有機地統一起來了。

三

辛亥年三月份廣州的那一陣密集的槍聲夾在厚厚的歷史著作之中，聽起來遙遠而模糊。然而，時隔近一個世紀，這一陣槍聲奇怪地驚動了我的庸常生活。我開始在歷史著作之中前前後後地查找這一陣槍聲的意義。

黃花崗烈士殉難一周年之後，孫中山先生在一篇祭文之中流露了不盡的悲愴之情：「寂寂黃花，離離宿草，出師未

捷，埋恨千古。」時隔十年重提這一場起義，孫中山先生的
如椽大筆體現了歷史偉人的高瞻遠矚。他在《黃花崗烈士事
略》序言之中寫道：「……是役也，碧血橫飛，浩氣四塞，
草木為之含悲，風雲因之變色。全國久蟄之人心，乃大興
奮。怨憤所積，如怒濤排壑，不可遏抑，不半載而武昌大革
命以成。」

多年以來，清宮戲在電視螢幕之上長盛不衰。康熙、雍
政、乾隆和慈禧太后帶上他們的臣子和後宮登陸每一戶人家
的客廳，「萬歲爺」、「娘娘」、「奴才謝恩」的聲音不絕
於耳。我常常在電視機前想起了辛亥革命。如果沒有辛亥革
命帶來的歷史劇變，這些皇帝老兒肯定還要從電視螢幕的那
一塊玻璃背後威嚴地踱出來，喝令我們跪拜叩首。辛亥革命
如此偉大，以至於開始介紹福州鄉親林覺民的時候，我肯定
要證明他在辛亥革命之中的位置。

令人遺憾的是，這個意圖始終無法完整地實現。我似乎
找不到廣州起義與武昌起義之間的歷史階梯，二者之間不存
在遞進關係。沒有證據表明，廣州起義曾經重創清廷的統治
系統，從而為武昌的革命軍創造了有利條件。林覺民們的槍
聲響過之後，兩廣總督張鳴歧還是人五人六地坐在審判席上
發號施令。

廣州起義是孫中山先生在馬來半島的檳榔嶼策劃的。庚
戌年十一月，他秘密召集南洋各地的同盟會骨幹開會，決定
再度在廣州起事，並且指定由黃興負責。會議之後半個月，

孫中山先生即遠赴歐洲、美國、加拿大籌款，他在起義失敗的次日才從美國芝加哥的報紙上得到消息。總之，廣州起義不像一場深謀遠慮的戰役鑲嵌在歷史之中，有時人們會覺得，這更像一件即興式的行動藝術。

武昌起義的導火索必須追溯到清政府的「鐵路幹線國有」政策。清政府強行接收粵、川、湘、鄂四地的商辦鐵路公司，各地的保路運動沸反盈天。四川尤為激烈，成都血案。清政府急忙調遣湖北新軍入川彈壓，湖北的革命黨乘虛奮勇一擊，長長的鎖鏈終於嘩地解體。總之，廣州起義與武昌起義屬於兩個不同的段落。孫中山先生所說的「久蟄之人心，乃大興奮」云云，陳述的是輿論、聲勢或者氣氛造成的影響——正如孫中山先生在另一封信裡說的那樣：「廣州起義雖失敗，但影響於全世界及海外華僑實非常之大。」

但是，我時常覺得「影響」這個評語不夠過癮。林覺民應當有更大的歷史貢獻，他付出的代價是自己的生命。一個二十四歲的生命僅僅製造了某種「影響」，就像點一根爆竹一樣？我期望能夠論證，林覺民是辛亥革命之中的一個齒輪——哪怕小小的齒輪也是一部機器不可或缺的組成部分。然而，我的虛榮心遭到本地一位業餘歷史學家的批評。在他看來，將歷史想像成一部大齒輪帶動小齒輪勻速運轉的機器是十分幼稚的。歷史是由無數段落草草地堆砌起來，沒有人事先知道自己會被填塞在哪一個角落。古往今來，多少胸懷大志的人一事無成。如果不是歷史湊巧提供一個高度，即使一

個人願意將自己的生命燃成一把火炬，照亮的可能僅僅是鼻子底下一個極其微小的旮旯。廣州起義之前，孫中山還在廣東策劃了九次失敗的起義，屢戰屢敗，屢敗屢戰。九次的起義隊伍之中可能藏有一些比林覺民更有才華的人，可是，他們早就湮滅無聞。廣州起義再度受挫，然而，這是武昌勝利之前的最後一次失敗——林覺民因此成為後來的勝利者記憶猶新的先烈。可以猜想，如果還有九十次失敗的起義，林覺民恐怕也只能像落入河裡的一塊瓦片無聲無息地沉沒。這個意義上，他已經是一個幸運者。這位業餘歷史學家勸我，不要為「歷史貢獻」這些迂腐之論徒增煩惱。我們的鄉親林覺民有血有肉，有情有義，他會心高氣傲，會口出狂言，會酩酊大醉，也會愁腸百結。心存革命一念，他就慷慨無私地將自己的一百多斤豁了出去。做得到這一點的人就是大英雄。至於有多少歷史貢獻，這筆賬由別人去忙活好了。

四

我曾經說過，林覺民是一個現代知識份子；現在，我又有些懷疑。林覺民的性格之中保存了不少俠氣。豪氣干雲，一諾千金；仰天悲歌，擊鼓笑罵；一劍封喉，血濺五步——這是林覺民的形象。

現代知識份子很少有這種頤使氣指的性格。魯迅對於正人君子的虛偽深惡痛絕。他的內心存有深刻的懷疑。既懷疑他人，也懷疑自己。他很難與哪一個人成為刎頸之交，並肩

地挽起手臂臨風而立。「兩間餘一卒，荷戟獨彷徨」，這種孤獨的確是魯迅的精神寫照。美國回來的胡適當然有些紳士風度。溫和，大度，自由主義式的寬容，主張多研究些問題少談些主義。他與陳獨秀共同提倡白話文的時候流露出些許霸氣，後來就是一個好好先生，閒暇時吟一些「兩個黃蝴蝶，雙雙飛上天，不知為什麼，一個忽飛還」之類的小詩。徐志摩呢？「我不知道風／是在哪一個方向吹——」，這個浪漫多情的詩人骨頭輕了一些。當然，還有「我是一條天狗呀！我把月來吞了，我把日來吞了，我把一切星球來吞了，我把全宇宙來吞了」——那是一個沸騰的郭沫若，儘管他的激情有餘而剛烈不足。另一些打領帶的教授就不必逐一細數了吧。他們或者擅長背古書，或者擅長說英文，懂些理論，有點個性，不肯盲從或者迷信，推敲過「to be or not to be」，偶爾也不可避免地有些小私心、小虛偽、小猥瑣或者小怪癖，總之都算現代知識份子。但是，他們身上統統刪掉了林覺民的俠氣。

所以，我傾向於將林覺民歸入游俠式的知識份子形象系列。白袍書生，負一柄劍，沽一壺濁酒，行走於日暮煙塵古道，輕財任俠，急公好義，胸懷大志。他們肯定善於歌賦，荊軻當年信口就吟出了一曲千古絕唱：「風蕭蕭兮易水寒，壯士一去兮不復返。」很難猜測他們的劍術如何，但是這些人無不因此而自誇。李白自稱「十五好劍術」，辛棄疾「醉裡挑燈看劍」，龔自珍「一簫一劍平生意」，譚嗣同「我自

橫刀向天笑」，一身中山裝的林覺民手執步槍，腰別炸彈地闖入廣州總督衙門的時候，人們聯想到的多半是江湖上的大俠。

「少年不望萬戶侯」，這是林覺民十三歲時在考場寫下的七個大字。光緒二十五年，林覺民的嗣父命他應考童生。這個桀驁不馴的小子揮筆在試卷上寫了七個字之後就揚長而去。他自號「抖飛」，又號「天外生」，顯然是展翅翱翔的意象。他想去哪裡？嗣父有些不安，只得安排他投考自己任教的全閩大學堂。然而，全閩大學堂是戊戌維新的產物，思想激進者大有人在。林覺民有辯才，縱議時局，演說革命，私下裡傳遞一些《蘇報》、《警世鐘》、《天討》之類的革命書刊。嗣父管不住他了，指望校方嚴加束縛。當時的總教習有一雙慧眼：「是兒不凡，曷少寬假，以養其浩然之氣。」一個晚上，中學生林覺民在一條窄窄巷子裡演說，題為〈挽救垂危之中國〉，拍案捶胸，聲淚俱下。全閩大學堂的一個學監恰好在場。事後他憂心忡忡地對他人說：「亡大清者，必此輩也！」中學生林覺民竟然在家中辦了一所小型的女子學校，親自講授國文課程，動員姑嫂們放了小腳。儘管周圍的親人漸漸習慣了林覺民離經叛道的言行，但是，他們怎麼也想像不到，五年以後的林覺民竟然敢手執步槍、腰別炸彈地闖入總督衙門。

至少在當時，周圍的親人並未意識到林覺民身上的俠氣。他在福州結交的許多同盟會員都喜歡行俠尚武。黃花崗

烈士之中，林文為自己鐫刻的印章是「進為諸葛退淵明」；林尹民擅長少林武術，素有「猛張飛」之稱；陳更新能詩詞，工草書，好擊劍，精馬術；劉元棟體格魁梧，善拳術；劉六符目光如電，曾經拜名震八閩的拳俠為師；方聲洞有志於陸軍，馮超驤成長於軍人世家。總之，這一批知識份子不是書齋裡的人物。駁康有為，斥梁啟超，林覺民與這一批知識份子崇尚行動，不僅用筆，而且用槍。如今，許多歷史著作提到陳獨秀、胡適或者魯迅、周作人的啟蒙思想，另一些風格迥異的知識份子群落往往被忽略了。

俠肝義膽的一個標誌就是隨時可以赴死。這種人往往不再兒女情長。真正的大俠只能獨往獨來；如果後面跟一個女人，一步三回頭是要壞事的。纏纏綿綿只能消磨意志，多少英雄陷入溫柔鄉半途而廢。英雄手中的長劍，一方面是格殺敵手，另一方面是揮斷自己的情絲。兒女情長是柳永、張生、梁山伯或者賈寶玉們的故事，與行走在刀尖上的革命者離得很遠。

然而，沒有想到，福州鄉親林覺民同時還是一個情種。他不僅一身俠骨，而且還有一副柔腸。

五

現今我已經無從考證濱江樓位於香港何處，也沒有這個興趣。我願意將濱江樓想像為一幢二層的小樓，樓上聽得見隱隱的江濤和不時的蟲鳴。辛亥年三月的一個夜晚，一個血

氣方剛的男子倚窗獨坐，他在同伴的鼾聲裡總結自己的情愛歷史。

林覺民的大丈夫形象已經得到了歷史著作的公認，他的情種形象來自〈與妻書〉。「意映卿卿如晤」，林覺民的〈與妻書〉是給他的妻子陳意映做政治思想工作。他要離開自己至愛的女人赴死，他希望陳意映明白他的心意，不要怨他心狠，不要悲傷過度；即使成為一個鬼魂，他也會依依相伴，陰陽相通。天下為公，坦坦蕩蕩；兩情相悅，寸心自知。林覺民的〈與妻書〉既深情款款又凜然大義，既剛烈昂揚又曲徑通幽。一個女作家深有感觸地說，讀〈與妻書〉猶如一次精神上的做愛，一波三折，最終達到了革命與愛情的雙雙高潮。我絲毫不覺得這種比喻有什麼藝瀆的意味。相反，這說明了革命的情操動人至深。

> 吾至愛汝，即此愛汝一念，使吾勇於就死也。吾自遇汝以來，常願天下有情人都成眷屬；然遍地腥雲，滿街狼犬，稱心快意，幾家能彀？司馬春衫，吾不能學太上之忘情也。語云：仁者「老吾老以及人之老，幼吾幼以及人之幼」。吾充吾愛汝之心，助天下人愛其所愛，所以敢先汝而死，不顧汝也。汝體吾此心，於啼泣之餘，亦以天下人為念，當亦樂犧牲吾身與汝身之福利，為天下人謀永福也。汝其勿悲！

　　福州的林覺民紀念館即是林覺民出生的原址。這座大宅院坐西朝東，四面有風火牆，內分南院和北院，北院有一幢二層樓房和一座小花園，大門邊即是福州著名的「萬興桶石店」。這座大宅院的主人最早可以查到的是林覺民的曾祖父。林覺民居住大宅院之內的西南隅，一廳一房，一條狹長的小天井，天井的角落種一叢臘梅。

　　許多人習慣於用恆久的時間證明愛情的不朽，海枯石爛，忠貞不渝。但是，真實的愛情要有一個存放的空間。如今，大宅院之中林覺民與陳意映的居室陳設如故。出雙入對，同棲同宿，當年這裡的一切都曾經烙上倆人的體溫。林覺民的記憶之中收藏了如此之多陳意映的細節：笑靨，步態，嬌語，嗔怒，凝神，含羞……想不到，這裡即將成為傷心之地。物是人非，情何以堪？

　　汝憶否？四五年前某夕，吾嘗語曰：「與其使吾先死也，毋寧汝先吾而死。」汝初聞言而怒，後經吾婉解，雖不謂吾言為是，而亦無辭相答。吾之意蓋謂以汝之弱，必不能禁失吾之悲，吾先死留苦與汝，吾心不忍。故寧請汝先死，吾擔悲也。嗟夫，誰知吾卒先汝而死乎？吾真真不能忘汝也。回憶後街之屋，入門穿廊，過前後廳，又三四折有小廳，廳旁一室，為吾與汝雙棲之所。初婚三四個月，適冬之望日前後，窗外疏梅篩月影，依稀掩映，吾與汝並肩攜手，低低

切切，何事不語？何情不訴？及今思之，空餘淚痕。
又憶六七年前，吾之逃家復歸也，汝泣告我「望今後
有遠行，必先告妾，妾願隨君行。」吾亦既許汝矣。
前十餘日回家，即欲乘便以此行之事語汝，及與汝相
對，又不能啟口，且以汝有身也；更恐不勝悲，故惟
日日呼酒買醉。嗟夫，當時餘心之悲，蓋不能以寸管
形容之。

　　大宅院裡住著林覺民父輩的七房族人。從曹雪芹的《紅
樓夢》、巴金的《家》、《春》、《秋》到曹禺的《雷雨》，
人們可以在文學史上讀到一批大家族的故事。那個時候，生
活在大家族之中的年輕一輩壓抑，無助，未老先衰。通常，
他們只能像土撥鼠似地在長輩之間鑽來鑽去，竭力找到一個
可以自由呼吸的縫隙。由於沒有直抒胸臆的機會，這些年輕
人往往多愁善感，神經纖細。如果套上一個不稱心的婚姻，
他們的下半輩子再也產生不了任何激情。大家族內部的不
幸，林覺民都看見了。

　　林覺民的嗣父林孝穎是林覺民的叔叔。他飽學多才，詩
文名重一時。考上秀才時，福州的一位黃姓富翁托媒議親，
招為乘龍快婿。不料林孝穎根本不樂意接受這一門父兄包辦
的親事。他第一天就拒絕進入洞房，並且因為心灰意冷而從
此寄情於詩酒。大宅院之中，黃氏徒然頂一個妻子的名份煎
熬清水般的日子，白天笑臉周旋於妯娌之間，夜裡蒙頭悲

泣，嚶嚶之聲盤旋在幾進院落的牆角。為了安慰黃氏，排遣
她的孤單和寂寞，林孝穎的哥哥將幼小的林覺民過繼給黃氏
撫養。

隨著年齡漸長，上一代人的嚶嚶悲泣始終繚繞在林覺民
的耳邊。他一輩子感到幸運的是娶到了陳意映。也是父母之
命，也是媒妁之言，但是，老天爺卻讓他遇到了情投意合的
陳意映：「吾妻性癖、好尚與余絕同，天真浪漫女子也！」

但是，情種林覺民就要離開這座大宅院，遠赴疆場，九
死一生。嗣父一定感到林覺民神色異常，再三詢問。林覺民
推說日本的學校放櫻花假，他約了幾個日本的同學要到江浙
一帶遊玩。生母一定也察覺到了什麼，但是問不出原因。死
何足懼，真正割捨不下的是陳意映，然而她茫然無知──是
不是八個月的身孕轉移了她的注意力？林覺民肝腸寸斷，欲
說還休，惟有日復一日地借酒澆愁。所以，〈與妻書〉之中
的這幾段話既是說給陳意映，也是說給自己──不說服自己
怎麼能走得動？

> 吾誠願與汝相守以死，第以今日事觀之，天災可
> 以死，盜賊可以死，瓜分之日可以死，奸官污吏虐民
> 可以死，吾輩處今日之中國，國中無時無地不可以
> 死？到那時使吾眼睜睜看汝死，或使汝眼睜睜看我
> 死，吾能之乎？抑汝能之乎？即可不死，而離散不相
> 見，徒使兩地眼成穿而骨化石，試問古今來幾曾見破

鏡能重圓？則較死為尤苦也。將奈之何？今日吾與汝幸雙健，天下人人不當死而死，與不願離而離者，不可數計；鍾情如我輩者，能忍之乎？此吾所以敢率情就死不顧汝也。吾今死而無餘憾，國事成不成，自有同志者在。依新已五歲，轉眼成人，汝其善撫之，使其肖我。汝腹中之物，吾疑其女也，女必像汝吾心甚慰。或又是男，則亦教其以父志為志，則我死後尚有二意洞在也。幸甚，幸甚！吾家後日當甚貧，貧無所苦，清淨過日子而已。

吾今與汝無言矣，吾居九泉之下遙聞汝哭聲，當哭相和也。吾平日不信有鬼，今則又望其真有；今人又言心電感應有道，吾亦望其言是實。則吾之死，吾靈尚依依伴汝也，汝不必以無侶悲！

吾平生未嘗以吾所志語汝，是吾不是處，然語之，又恐汝日日為吾擔憂，吾犧牲百死而不辭，而使汝擔憂，的的非吾所忍。吾愛汝至。所以為汝謀者惟恐未及。汝幸而偶我，又何不幸而生今日之中國？吾幸而得汝，又何不幸而生今日之中國？卒不忍獨善其身。嗟夫！巾短情長，所未盡者尚有萬千，汝可以模擬得之。吾今不能見汝矣，汝不能舍吾，其時時於夢中得我乎？一慟！辛亥三月二十六夜四鼓，意洞手書。

家中諸母皆通文，有不解處，望請指教，當盡吾

意為幸。

「巾短情長，所未盡者尚有萬千」，無限的牽掛和負
疚，可是林覺民不得不動身了。沒有一個至愛的女人，林覺
民的內心一定輕鬆許多；可是，沒有一個至愛的女人，生活
還值得噴出一腔的鮮血嗎？「汝幸而偶我，又何不幸而生今
日之中國？吾幸而得汝，又何不幸而生今日之中國？」長吁
短嘆，家國不可兩全。就是在這一刻，歷史無情地撕裂了這
個男子。

六

蓋棺論定。一個人做了該做的一切，然後問心無愧地進
入歷史。歷史公正地銘記一切。可是，這種觀點又一次遭到
了那一位本地業餘歷史學家的哂笑。他認為，歷史就是遺忘
絕大多數人，保存極其個別幸運者的事蹟。然而，奇怪的
是，這些幸運者根本不能控制自己烙印在歷史上的形象，也
不清楚自己會在哪一天突然大紅大紫，或者在另一天被罵個
狗血噴頭。

黃花崗烈士之中，福州鄉親有名有姓的計十九名。林
文、林覺民、林尹民號稱「三林」，林文為首。「獨來數孤
雁，到處總悠悠」，「露枯野草頻嘶馬，水滿荒塘不見
花」，寫得出這種詩句的人一定是不凡之輩。可是，除了些
許零散的詩篇，林文不再為歷史留下什麼。福州已經找不到

他的故址。他的親戚後人杳無音訊。林覺民追隨孫中山先生，秘密奔走於日本、福建、香港、廣州之間，最終手執步槍、腰別炸彈地殺入總督衙門，然而，現在許多人記住他的原因是〈與妻書〉。

至少在網絡上，革命家林覺民已經成為一個沒有溫度的稱號，情種林覺民仍然炙手可熱。我利用搜索引擎查到了虛擬空間的一次圓桌討論，登錄網絡的眾女士曾經深入研究「我生命中的男人」。林覺民榜上有名。當然，許多男人的名字都出現在這個圓桌討論之中。曾國藩據説適合當父親，因為他家教甚嚴；蕭峰——金庸小説之中的人物——豪情磊落，適合當大哥；李白做一個浪漫的小弟挺好；周潤發風度翩翩，是男朋友的理想人選；至於丈夫當然要找胡雪岩，因為這老兒有的是錢；如果有可能，再要一個比爾・蓋茨做兒子，這娃娃腦子好使，孺子可教也，當媽的省心。也有人提出喜歡賈寶玉，原因是公子聽話；另一個女士愛上了孫悟空，因為這猴兒能夠七十二變，好玩。這些意見多少有些俗。另一個識見不凡的女士發來一個長長的帖子，她提出了三個理想的男子：項羽，林覺民，關漢卿。項羽顯然不僅因為他破釜沉舟的豪邁，這個敢做敢當的男人與虞姬的生死之戀永垂千古；林覺民單憑一封〈與妻書〉就可以征服無數的芳心；關漢卿這傢伙落拓不羈，是一粒「蒸不爛煮不熟捶不扁炒不爆響噹噹的銅豌豆」，頑劣而又風流，叫人如何不想他。這份帖子贏得了不少掌聲，儘管另一些女士表示了某種

無關緊要的分歧，例如這些男人都過於霸氣，如此等等。

必須承認，這些意見視野開闊，一些妙想甚至匪夷所思。即使林覺民再有想像力恐怕也料想不到，多年以後他可以在這種場合與曾國藩、周潤發或者比爾‧蓋茨同台競技。抱怨播下龍種而收穫跳蚤肯定有些自以為是，但是，這至少可以證明，凡人很難預料，神秘莫測的歷史會給未來孕育出什麼。

大半個世紀之前，人們曾經從魯迅的〈藥〉讀出了深刻的悲哀——革命者上了斷頭台，一批無知的庸眾竟然在興高采烈地當看客，甚至吮他的血。可是，歷史上的大英雄什麼時候躲得開寂寞和孤憤？也許，是大英雄自風流，沒有必要為這種遭遇而傷感。這時，我又想到那位業餘歷史學家的觀點：人生一世，有幸來到天地之間走一遭，能夠認定什麼是真理，甚至可以將自己的頭顱瀟灑一擲，長笑而去，這就是幸運的一生，壯烈的一生。那些蠅蠅苟苟的凡夫俗子並不是天生猥瑣——因為他們找不到值得豁出命的事業。一輩子能夠有一回驚天地，泣鬼神，如此快意，夫復何求！做了就做了，至於紅塵滾滾之中的後人如何指指點點，褒貶引申，那只能隨他去了。留下的歷史無非是一些印刷品或者象徵符號，笑罵由人，沒有必要斤斤計較。

可是，林覺民身後的陳意映呢？林覺民慷慨就義，功德圓滿，他是不是將無盡的痛苦拋給了陳意映？

躲不開的一問。

　　網絡上有一篇文章說，林覺民不負天下，但負了一人；他不知道天下人的名字，卻恨不得將這人的名字記到來世。陳意映願意追隨林覺民上天入地，林覺民卻深摯而殘酷地替她選擇了獨生。鐵肩擔道義。無論什麼時候，林覺民都是一個堂堂男子漢。但是，他揮揮手將陳意映拋在彼岸——他有這個權利嗎？

　　道理說得出千千萬萬，痛苦依然尖銳如故。即使霓虹燈閃爍的歌舞廳、富有磁性的嗓音或者重金屬打擊樂也無法覆蓋這種人生難題。童安格，這個綽號「學生王子」的歌手居然幽幽地唱起了林覺民，唱起了香港濱江樓的〈訣別〉：

夜冷清　獨飲千言萬語

難捨棄　思國心情

燈欲盡　獨鎖千愁萬緒

烽火淚　滴盡相思意

情緣魂夢相繫

方寸心　只願天下情侶

不再有淚如你

　　是嗎？「不再有淚如你」？齊豫——齊秦的姐姐——用一個女人的心情回應一首：〈覺——遙寄林覺民〉。她要問的是，剎那是不是永恆——能不能「把繾綣了一時，當作被愛了一世？」

……

覺

當我回首我的夢

我不得不相信

剎那即永恆

再難的追尋和遺棄

有時候不得不棄

愛不再開始

卻只能停在開始

把繾綣了一時

當作被愛了一世

你的不得不捨和遺棄

都是守真情的堅持

我留守著數不完的夜和載沉載浮的凌遲

誰給你選擇的權利

讓你就這樣的離去

誰把我無止境的付出都化成紙上的一個名字

如今

當我寂寞那麼真

我還是得相信

剎那能永恆

　　再苦的甜蜜和道理

　　有時候不得不理

　　還能說什麼呢，林覺民？即使知道一切如此沉重，即使滿心負疚，依然生離死別，能夠握在手裡的僅僅是一管筆——〈意映卿卿〉。許乃勝一曲輕吟如訴：

　　意映卿卿

　　再一次呼喚你的名

　　今夜我的筆沾滿你的情

　　然而

　　我的肩卻負擔四萬萬個情

　　鍾情如我

　　又怎能抵住此情

　　萬萬千千

　　意映卿卿

　　再一次呼喚你的名

　　曾經我的眼充滿你的淚

　　然而

　　我的心已許下四萬萬個願

　　率性如我

　　又怎能拋下此願

　　青雲貫天

夢裡遙望

低低切切

千百年後的三月

我也無悔

我也無怨

歌罷無言。我知道，即使那個業餘歷史學家也不會再說什麼。這是歷史上不會癒合的傷口，但是，這些問題不會出現在歷史著作之中。

七

一個作家對我說過，她很喜歡「意映卿卿如晤」這句話。我想了想，的確，這句話具有私語性質。「意映卿卿如晤」，一個小小的、溫暖的私人空間就會隨著文字浮現。

陳意映，一個女人的名字，一個收信人，一個林覺民的傾訴物件。現在，她要從紙面上活起來了。那麼，她能夠走多遠呢？

這時，我的敘述半徑急劇地收縮。陳意映可能離開她的一廳一房，出去給公婆請安；偶爾也會走出大門，「萬興桶石店」總是那麼熱鬧；是不是還會到門前的那條街上走一走呢？這是福州著名的南後街。一直到今天，這條街上還完整地承傳了古街的格局。裱字畫的，裁衣服的，賣壽衣的，編藤木器具的，做鞋的，各種小店一溜排開。正月十五過元

宵，這條街上的燈籠糊得最好。帶輪子的羊，馬，牛，魚，關公刀，小飛機，品種繁多。當然，大多數時光，陳意映肯定是待在她的一廳一房和狹小的天井裡。兒子嗷嗷待哺，她離不開多長時間。陳意映出身書香門弟，能詩文，父親陳元凱是一個舉人。所以，林覺民留在家裡的幾冊書籍報刊已經足夠她打發空閒的日子。她是不是零零星星地聽到了革命、共和、光復這些概念？完全可能。但是，她抬起眼睛只能看到天井上方窄窄長長的天空。這是她的世界。歷史在很遠的地方運行，由丈夫林覺民以及他的一幫朋友操心。陳意映絲毫沒有想到，突然有一天，歷史竟然不打任何招呼就將如此沉重的擔子擱在她的肩上。

「低低切切，何事不語？」陳意映生活在一個低語的小天地裡。日子很扎實，只是因為有一個人綿綿情意，肌膚相親。一個女人的耳邊有了這些低語，她還有什麼必要聽那些火藥味十足的大口號呢？

辛亥年的三月初，林覺民意外地從日本回到福州。他竟日忙於呼朋喚友，或者借酒使氣，但是，陳意映從不問什麼。林覺民是一個做大事的人，白天屬於他自己。她已經習慣了將大日子擱在那個男人肩上，自己只管小天井裡面的瑣事，還有腹中八個月的胎兒。陳意映恐怕永遠也不知道曾經醞釀的一個計畫：林覺民本來打算讓她運送炸藥到廣州。林覺民在福州西郊的西禪寺秘密煉製了許多炸藥。他將炸藥藏在一具棺材裡，想找一個可靠的女子裝扮成寡婦沿途護送。

如果不是因為八個月的身孕舉止笨拙，陳意映可能與林覺民一起赴廣州，並且雙雙殞命。我猜想陳意映不會拒絕林覺民的要求。她甚至會認為，能夠和林覺民死在一塊，恐怕比獨自活下來更好。

不知道摧毀她平靜生活的凶訊是如何傳遞的？我估計只能是口訊而不是電報。廣州起義的日子裡，林覺民的岳父陳元凱正在廣州為官。得到林覺民被捕的消息，他急如星火地遣人送信。趕在官府的追殺令抵達福州之前，林家火速遷走，偌大的宅院一下子空了。

避開了滿門抄捕，陳意映與一家老小隱居於福州光祿坊一條禿巷的雙層小屋。禿巷裡僅一兩戶人家，這一幢雙層小屋單門獨戶。陳意映驚魂甫定，巷子外面傳言紛紛。一個夜晚，門縫裡塞入一包東西，次日早晨發現是林覺民的兩封遺書。「吾作此書時，尚是世中一人；汝看此書時，吾已成陰間一鬼。」天旋地轉，淚眼婆娑。最後的一絲僥倖終於崩斷。更深夜靜，獨立寒窗，一個女人的低泣能不能傳得到黃花崗？

一個月之後，陳意映早產；五個多月之後，武昌起義；又過了一個月，福州起義，閩浙總督吞金自殺，福建革命政府宣告成立。福州的第一面十八星旗由陳意映與劉元棟夫人、馮超驤夫人起義前夕趕製出來。當然，革命的成功將歸於眾人共用，喪夫之痛卻是由陳意映獨吞。兩年之後，這個女人還是被綿長不盡的思念噬穿、蛀空，抑鬱而亡。

武昌起義成功之後的半年，孫中山先生返回廣州時途經福州，特地排出時間會見黃花崗烈士家屬，並且贈給陳更新夫人五百銀元以示撫恤。至於陳意映是否參加，史料之中已經查不到記載。這個女人的蹤跡此時已經淡出歷史著作。她只能活在林覺民的〈與妻書〉之中。

八

我站在馬路對面的一座天橋上，隔著車水馬龍遙看那一幢建築物：朱門，曲線山牆，曲折起伏的灰瓦曾經遮蓋那麼多的情節。主角早已謝幕離開，舞台和道具依然如故。民國初期，這幢建築物旁邊的巷子闢為馬路，如今是福州最為繁鬧的地段。這幢建築物彷彿註定要留下來似的，它頑強地踞守在兩條馬路交叉的拐角，矮矮地趴在一大片高樓群落之中。人來熙往，這裡始終是一個安靜得有些蹊蹺的角落。周圍的精品屋一茬又一茬，這一幢建築物忠心耿耿地監護歷史，一成不變。

林家倉皇撤離之後，一戶謝姓的人家旋即購下了這座大宅院。謝家有女，後來出落成一個大作家，即謝冰心。冰心七十九歲時寫成一篇憶舊之作〈我的故鄉〉，文中興致勃勃地記敘了這座大宅院：門口的萬興桶石店，大廳堂，前房後院，祖父書架上的《子不語》和林琴南譯著，每個長方形的天井都有一口井，各個廳堂柱子上的楹聯，例如「知足知不足，有為有弗為」，如此等等。兩個近代的著名人物一前一

後出入這座大宅院，猶如天作之合。然而，令人奇怪的是，冰心絲毫沒有提及林覺民。先前讀過〈我的故鄉〉，絲毫想不到冰心說的就是林覺民的故居——彷彿是另一座大宅院似的。冰心對於這裡上演的悲劇一無所知嗎？對於一個如此淵博的作家，好像不太可能。一個小小的謎團。

林家這一脈後來也出過一個女作家，算起來大約是林覺民的遠房侄女。她就是後來嫁到梁啟超家的林徽因。林徽因出生在杭州，但是回到過福州。她的文字裡也沒有提到這一座大宅院，不知為什麼。

歷史的滄桑，世態炎涼，有些事就不必再費神猜想了。

紙上的江湖
——武俠文化的八個關鍵詞
南帆

一、俠肝義膽

三杯吐然諾，五嶽倒為輕；人生留得丹青在，縱死猶聞俠骨香；吟到恩仇心事湧，江湖俠骨恐無多……即使雙鬢斑白地進入平庸的中年，讀到這些詩句仍然會朗聲長吟，拍案擊節。明明知道，無論是還珠樓主還是金庸、古龍、梁羽生，滿紙的殺伐無非是書生一夢，然而，掩卷之後還是氣血翻湧，以至於按捺不住搏動的神經。

「其言必信，其行必果，已諾必誠，不愛其軀，赴士之厄困」——現代社會，「俠」的品格愈來愈稀少了。嚴密的科層制度訓練出龐大的白領階層，日復一日地龜縮在寫字樓小格子裡，還有多少人想得起快意恩仇、鏟盡天下不平事的時光？再三品味上司的幾句褒獎，因為一套不錯的西裝暗自得意，出入各家超市搜索一袋物美價廉的奶粉，夜半時分算一算房子按揭貸款的利率……這種生活格局，心思只能盤旋在小恩小惠之間。的確，呵欠連連的無聊日子，已經很久見

不到「俠」的風神氣度了。照一照鏡子，我們這些凡夫俗子的臉上常常掛出了幾種表情：猥瑣——唯唯諾諾，謙恭得發賤，心裡暗暗地嘀咕，小算盤響個不停；傻氣——不明就裡，不知所措，無緣無故地陪出一副憨厚的笑臉；自鳴得意——占了一點小便宜，握住一些小權力，睥睨一切，以為天下英雄盡入彀中；無賴——撒嬌耍潑，裝瘋賣傻，甚至乾脆往地上一躺，一副死豬不怕開水燙的架勢。這些表情都是我們對付生活的手段，沉溺久了就成了性情的一部分。這個時候，該做的事情就是：溫二兩黃酒，讀三五章武俠小說，借一注頂天立地的俠氣洗滌心腸，想一想男兒本色丟失在什麼地方。

俠客通常氣宇不凡，雄姿英發。可是，這個傳統終於遭到重創。韋小寶來了，周星馳來了，據說將嘻皮笑臉引入俠客的形象是一個美學的創新。聽周杰倫唱歌，看韓國電視劇裡的美女，這些都是時尚。軟性的時尚討厭凜然的臉色和刀尖上的嚴峻生活。於是，種種「搞笑」——真是一個好詞——的節目應運而生。然而，我還是願意堅持老派的口味：俠客必須一身正氣，義薄雲天。俠客光臨這個世界的意義是扶危濟困，而不是插科打諢。危難之際，我們願意見到豪氣逼人的蕭峰，還是獐頭鼠目的韋小寶？

二、武功蓋世

寶馬快刀，一劍封喉，大俠往往武功蓋世。否則，他無

法擔當重任。荆軻因為劍術不精而功敗垂成,這個事例曾經令無數的人扼腕長嘆。

　　什麼叫做武功?洋鬼子在拳擊台上蹦蹦跳跳,那些亞里斯多德的子孫腦子裡只有物理學。他們只能想像力量與速度。即使蝙蝠俠或者蜘蛛俠,再好的身手無非是這兩種觀念的放大。洋鬼子做夢也想不到武功的繁多名堂。少林,武當,崆峒,崑崙,峨嵋,華山,幾大門派各懷絕學,至於九陰真經、六脈神劍、降龍十八掌或者乾坤大挪移,種種聞所未聞的本事高深莫測。拳擊僅僅是肌肉運動,武功的精髓是深奧的文化。

　　鷹拳,虎拳,蛇拳,猴拳,螳螂拳,武功擅長於從自然生靈之間找到靈感。武學大師仰觀俯察,融入天地萬物。飛禽走獸,山石泉林,各有進退之勢;參透奧秘,飛花落葉皆可傷人。形意相通,天人合一,這哪裡是那些一身蠻力的傢伙所能明白的?

　　許多大俠出招精妙,意味深長。他們從來不靠死纏爛打取人性命。這些人既精通琴棋書畫,又擅長刀槍劍棍,他們心目中的武學與藝術異曲同工。一招一式節奏曼妙,韻律鏗然;一弦琴、一局棋或者幾筆書畫都可能隱含豐富的武學內涵。將殺戮寓於美感之間,這遠遠超出了物理學的想像範圍。

　　最為奇特的是,武功對於身體能量獨特開採。所有的武林高手都想修煉出某種威力超常的內功,打通任督二脈猶如

接到了高壓電源之上。這種內功的殺傷力是肌肉不可企及的，也是正常訓練無望抵達的。武林高手只能期待不尋常的緣分，例如不小心吞下了千年靈芝；或者藉助某種古怪的方法，例如揮刀自宮。對於身體能量的想像來自佛家或者道家的神秘主義。靜修、冥想和頓悟似乎隱藏了集聚身體能量的秘訣。以武參禪或者以禪證武方能臻於化境。形而上的奪命哲學代表了武功的至高之境。當然，暗器或者放毒也算武功的一脈。但是，二者的鬼鬼祟祟風格有損武俠名譽，壯夫不為。除了西毒歐陽鋒，長於暗器與放毒的角色多半被指定為女人。

可嘆的是，如此繁雜的武功體系業已被工業社會蠻橫地摧毀。槍枝和子彈——一種小機器而已——不由分說地擊穿了所有的招式。如今，獨孤九劍或者吸星大法不過是前工業社會的殘夢。電視劇之中的武俠小火箭似地飛在空中，以雷霆之力開山裂石，掌風所至如同一串炮彈爆炸，這種不倫不類的誇張已經是在盜用工業社會的景象了。

三、人在江湖

一襲長袍，一柄利刃，仰天長嘯出門去，隻身闖江湖——這是闔上一部武俠小說之後驀然湧起的強烈衝動。

然而，江湖在哪裡？

大門外面，陽光燦爛。一個老頭守住小攤賣橘子，一個女郎撐著洋傘嫋嫋婷婷地行走，一隻懶貓賴在牆角舒適地打

呼嚕，没有人知曉江湖的所在地。那個滿臉皺紋的賭棍教訓新手：如果膽敢欠下賭債不還，江湖上就没有了立足之地。但是，他們也説不出江湖的確切位置。

儘管如此，所有的人都承認江湖的存在，而且明白江湖上規矩森嚴。江湖上「義」字當先，這是俠客馳騁出没的條件。不講義氣的傢伙在江湖上吃不開。另一方面，江湖險惡，月黑殺人夜，風高放火天，如果没有一批惡霸歹徒採花大盜，俠客們哪裡有用武之地？當然，盜亦有道。惡霸歹徒採花大盜也遵循某些規矩。他們講輩份，認門派，發過誓之後就一諾千金。至於那些出爾反爾、專門躲在別人身後擲暗器的下三濫之徒根本没有資格在江湖上拋頭露面。

身在江湖，心存魏闕——某些時候，江湖指的是相對於朝廷的民間。文人墨客的心目中，江湖是歸隱的好去處。一間茅屋，琴簫自娛，兩畦蔬菜瓜果，領略田園風光，這是許多人構思的好日子。當然，文人墨客不是從漁耕樵讀之中討生活，邀取功名，他們真正嚮往的是棲身江湖的散淡和自由自在。

但是，無論怎麼想像，江湖從來不在日常生活之中，芸芸眾生輕易進不去。江湖是一個刪除了日常細節的空間。江湖上的人從來不為日常瑣事操心。長袍髒了用什麼換洗，風塵僕僕長了跳蚤怎麼辦，高燒不退到哪裡住院掛瓶，孩子半夜啼哭不眠如何處理，女俠們買不到防晒霜和高級化妝品怎麼保持膚若凝脂，出手殺了一些人誰幫忙掩埋屍體……當

然，還有至關重要的經濟來源：怎麼保證行囊裡銀子不竭，以至於時時住得起客棧，消費得起大碗酒，大塊肉。一個作家說得對：如果沒有這些瑣事困擾，我們也會像大俠一樣豪爽；反之，陷入這些瑣事，大俠也會像我們一樣平庸。

四、劍俠情緣

情為何物？英雄從來不提這個問題。

馮諼屈居孟嘗君門下，抱怨食無魚，出無車，但從不要求就寢時得有女人相伴。俠以武犯禁，游走於江湖的俠客多半是一些不馴的亡命之徒。負一柄長劍，沽一壺濁酒，獨往獨來浪跡天涯是他們習以為常的風格。俠客的多半日子鋪在了刀尖上，不允許有絲毫的分神。揮不斷自己的情絲，無異於作繭自縛。親人或者愛情往往會在關鍵時刻成為致命的羈絆。挾持他們所愛的人，這是對付俠客的有效手段。又有幾個俠客能夠像劉邦那麼無賴，大咧咧地要求項羽烹煮老父的時候「分我一杯羹」呢？所以，江湖一直是一個冷漠的男兒世界。無論是《水滸傳》還是《七俠五義》，這些故事往往剛烈有餘而風情不足。

然而，令人驚奇的是，梁羽生和金庸竟然大膽地召來了一些明眸皓齒的美人兒，這開闢了武俠文化的另一個歷史階段。打開傳統的柵門將女人們放入江湖，花容月貌或者三寸金蓮不再是她們的唯一形容。這些女人不像林黛玉似的多愁多病身，她們英姿颯爽，舞槍弄棒，必要時砍一兩個人不在

話下。女人的加盟有效地改變了江湖的生態。梁羽生和金庸不僅製造出某些著名的「俠侶」，例如郭靖與黃蓉，或者楊過與小龍女，而且將男女恩怨與武林風波融為一體。於是，爭奪武林盟主金交椅的時候，可能有一段多年的秘密思念發酵為強大的動力；清理門戶的血雨腥風之中，或許隱藏了失戀產生的洶湧嫉恨。因為這些女人，江湖上不僅刀光劍影，而且兒女情長。

某些梁羽生和金庸的後繼者劍走偏鋒，專門拈出男歡女愛做文章。那些做師兄的都不好好練功，一門心思就是繞過師傅和師娘討好師妹。這些故事之中，憐香惜玉或者偷香竊玉的主題遠比行俠仗義的情懷強烈。借用一個妙喻形容，那就是補釘比褲子還要大。

五、葵花寶典

一部《葵花寶典》，武林為之瘋狂。

《葵花寶典》是形形色色武林秘笈的一個傑出代表。武林人士相信，擁有《葵花寶典》也就是掌握晉升為第一高手的密碼。於是，他們翻箱倒櫃，掘地三尺，一輪又一輪的鬥智鬥勇不斷地掀起離奇的情節波瀾。西方小説之中，大約只有藏寶圖具有這種功能。

見招拆招，臨機應變，並沒有哪一種招式可以在肉搏格鬥之中成為必殺技。一分長，一分強；一寸短，一寸險，武學的精髓應當是因勢利導，避實就虛，而不是機械地背教

材。然而,《葵花寶典》許諾,存在某種攻無不克、戰無不勝的拳譜或者劍法。一冊寶典在手,片刻的誦讀勝過十年修行。雖然先哲告訴我們,盡信書不如無書,但是,典籍崇拜還是深入人心。從發財寶典、美容寶典、愛情寶典、考試寶典、對付上司的寶典到盜賊們的開鎖寶典,許多人相信什麼地方肯定藏著一本可以解決一切問題的神奇著作。

寶典的存在決定了武林的金字塔結構。掌門人秘藏本門派的武學典籍猶如守護某種秘不示人的咒語,只有他們才能打開阿里巴巴的大門。由於知悉這些典籍之中的秘訣,他們再也不會因為年邁力衰而被弟子拋棄。相反,許多白髮蒼髯的大師愈老功力愈盛。另一方面,日復一日刻板乏味的練功不再那麼重要。許多人期待著奇蹟的降臨──《葵花寶典》是所有奇蹟的酵母。

然而,詭異的是,修煉《葵花寶典》必須償付慘重的代價。《葵花寶典》的第一頁注明:欲練神功,必先自宮,這個條件令無數英雄躊躇再三。這些英雄出生入死,皮開肉綻或者斷臂剔骨都不會眨一眨眼。然而,他們捨棄不了胯下的二兩肉。

修煉《葵花寶典》的意義是征服天下。可是,自宮無疑將失去半個世界──他們將對所有的女性無能為力。地位再高的閹人仍然殘缺不全。第一高手可以打遍五湖四海,成為男人之中的男人;然而,《葵花寶典》事先祛奪了他們男人的身份──這不是可笑的矛盾嗎?

所以，《葵花寶典》如同一個惡作劇。沒有人説得清，寶典是武學之巔還是人生之淵。儘管如此，又有誰能夠在這個可笑的矛盾面前收得住腳步，全身而退？相對於色欲，權力之欲仍然佔據上風。這個意義上，《葵花寶典》包含了一個遠遠超出武林範圍的深刻寓言。

六、華山論劍

廣播裡聽到一則廣告：華山論劍之日即將來臨，黃蓉美眉因為臉上長了許多青春疙瘩而無法赴會。她正在向郭靖訴苦的時候，老乞丐洪七公當場表示願意教一招——推薦某某藥廠製造的某種藥膏。顯然，華山論劍是武林的狂歡節，俊男靚女競相盛妝出席。

然而，如果人們將華山論劍想像為妙論迭出的武學高級論壇，那就錯了。事實上，華山之巔是一個大型的擂台。衆多武俠來到這裡比試高低，技不如人恐怕有性命之憂。簡單地説，這是一個賭命的場合。

江湖上的許多事情都是以生命作為結算的方式。一個清晨，某個大俠蹊蹺地暴卒於茅屋。大俠手下的弟子詳細分析種種蛛絲馬跡，一場聲勢浩大的復仇之旅開始了。無疑，這一段情節只能以一大批人命喪黃泉告終。另一個傍晚，鏢局護送的一批珠寶離奇地失蹤。鏢師們發現，撲朔迷離的案情大有背景，於是，刀劍相交的鏗鏘之聲籠罩了每一個角落……的確，江湖上的語言就是刀與劍，討論的主題集中於權

力的瓜分和財富的佔有。通常認為，權力和財富確實值得以命相搏。然而，華山論劍又算什麼？武林至尊的桂冠嗎？一個華而不實的稱號，一個空洞的榮譽，這也得用血肉之軀兌換嗎？獨佔鰲頭的冠軍無比榮耀，然而，證明這一切的只能是第二名或者第三名的鮮血。

人類正在為自己製造各種競爭的理由。無數的事例表明，沒有競爭的鞭子時刻抽在脊背上，那些不思進取的傢伙立即會就地坐下來。這是人性的弱點。著名的叢林法則證實，競爭造就強者。然而，人類的智慧是不是在於，他們的競爭形式可能比狼或者豹子高級一些？文學領域的競爭造就一大批風格各異的作家詩人，實驗室裡的競爭造就無數的高科技產品，足球場和跑道上的競爭造就一大批天才的運動員……然而，刀劍叢中的競爭只能造就屍橫遍野——最終剩下一個形孤影單的武林至尊。

一簞食，一壺漿，踏踏實實的日子，收攬那麼多陌生人的崇拜有什麼意義？可嘆的是，多少英雄看不破浮名的圈套。數十年面壁苦修，求爺爺告奶奶拜師，無非是乞得一招兩式嚇唬同道。那麼多武俠的架勢靠的是虛榮的支撐，因此，不論是華山論劍還是黃山論刀，這種遊戲永遠招募到足夠的響應者。時至如今，名目繁多的評選、評獎什麼時候冷落過？

七、獨孤求敗

一個奇怪的片語：為什麼求敗呢？愛拼才會贏，不當元帥的士兵就不是好士兵——求勝之心早就根深蒂固。現在，人生為什麼顛倒過來呢？因為孤獨嗎——孤獨是一種比失敗更難忍受的感覺嗎？

總會有這麼一些時候：某個武學天才手執一柄銳不可擋的長劍洞穿了整個江湖。可是，當初誰又料想得到，孤獨竟然是勝利的副產品。華山論劍，武林至尊，這是眾多武俠的共同夢想。多數人一輩子無望登頂，因而從來沒有想像過登頂之後的日子。「他從此過上了幸福的生活」——如同許多民間故事的最後一句話一樣，武林至尊從此平靜地享受來自四面八方的景仰。然而，這種幸福不久就變餿了。無所事事的武林至尊天天睡懶覺，進而開始不可遏制地發胖。乏味的時光終於證實：勝利的頂端一無所有。武林至尊強烈地思念當年的冒險生涯：失敗的威脅將人生繃得緊緊的。

能不能找一個旗鼓相當的對手酣暢淋漓地大戰三百回合，重溫生命的激情？這是武林至尊的唯一願望。然而，前不見古人，後不見來者，四處靜悄悄。周星馳的電影《功夫》裡面，那個找不到對手的傢伙只能可憐地待在精神病院裡讀小報。獨孤求敗，無人問津，這是一段難堪的尾聲。如果說，武林至尊曾經意味了為所欲為，那麼，壯烈的人生終於在這時顯出了蒼涼的意味：從不言敗的歷史意外地結束了

——他終於被自己的願望擊敗。

這個劍法如神的頂尖人物竟日像遊魂似地蕩來蕩去，終於在一所學院裡遇到一個哲學教授。他向教授抱怨人生之無趣，擊敗所有的對手猶如走到了天盡頭。喪失了再度失敗的可能也就喪失了再度勝利的喜悅，這種生活還有什麼理由持續下去？

教授沉吟了一下，說出了一個悖論：萬能的上帝能不能造出一塊自己搬不動的石頭？無論肯定還是否定，上帝都是既輸又贏。然而，重要的是，無論輸贏都不能妨礙上帝有滋有味地創造世界。

武林至尊突然明白：人生並非只存在勝負的標杆，生活的展開是多維的。於是，他開始挑糞耕地，養雞餵豬，忙個不亦樂乎，但精神十分充實——的確，「他從此過上了幸福的生活」。

八、金盆洗手

金盆洗手是一個了斷的儀式：一盆清水，燃三柱香，眾多的武林同道都是見證。時辰一到，雙手在清水裡洗一遍，往事恩怨一筆勾銷。退隱江湖之後，前面剩下的就是逍遙自在的好日子了。

多少歷盡風波的人渴望這個儀式？然而，沒有幾個人能夠真正地將雙手沉浸在清水之中。他們搖搖頭長嘆不已：是不能也，非不為也。

　　《笑傲江湖》之中的劉正風就始終無法完成這個儀式。江湖是非，恩恩怨怨，這一切都是刀劍和血肉聯成的故事，哪裡允許想撤就撤？輸的人渴望翻本，贏的人不肯放棄到手果實，新的是非恩怨源源不斷地生產出來了。這種連環套之間，怎麼可能騰出一個空隙，讓一個主角從容地抽身而去？人在江湖，身不由已，許多時候，江湖上根本找不到一個平靜的角落放置那一盆洗手的清水。

　　即使如此，退出昔日的自己甚至比退出江湖更難。因為一個突如其來的念頭，半生的心血立地放了下來，這不是一件輕易的事情。金盆洗手必須有巨大的定力，尤其是遏制身心的慣性。一個竊賊在法庭上受審，始終把雙手插在口袋裡。法官警告他不得蔑視法庭，他委屈地回答說：一旦雙手離開自己的口袋，就想進入別人的口袋。中止自己一輩子做慣的事情，急流勇退，這往往是一個可怕的折磨。拗不過自己的內心的時候，人們就會找到無數藉口推遲退隱的日期：事業如日中天，一單生意剛剛有個不錯的開端，餘熱未盡可以再積累一些資本，如此等等。事實上，多數人戰勝不了自己。

　　智慧，遠見卓識，清晰的大局判斷，這些優秀的稟賦不一定有助於做出金盆洗手的決斷。諸葛亮何等地英明，他早該知道身邊是一個扶不起來的阿斗。「草堂春睡足，窗外日遲遲」，茅廬之中愜意的日子是一個巨大而熟悉的誘惑。然而，諸葛亮還是像陀螺一般轉個不停，「鞠躬盡瘁，死而後

已。」

　　歷史名流之中，大約范蠡是一個擅長金盆洗手的典範。輔佐越王勾踐成功地復仇，功成名就之際毅然辭官而去；號稱陶朱公返回民間經商，積攢了大量財富又散盡千金。久負盛名，不得善終，金盆洗手背後隱藏的是這種人生哲學。傳說之中，范蠡歸隱之後攜西施泛舟五湖。也許，西施是他看輕權勢的原因之一。山光水色，萬種風情──對於這種人生說來，權柄和錢財已經是多餘之物。

颱風記
南帆

　　氣象台發佈的強颱風警報攪亂了平靜的日子。整個城市都在談論颱風的消息。

　　按照那個著名的猜想，這一場強颱風可能源於某一隻蝴蝶的翅膀煽動。這只蝴蝶曾經在太平洋的一個島嶼上無憂無慮地翩然翻飛。

　　現在，這個城市坐落的太平洋西岸，盛夏的陽光仍然堅硬、乾脆，直瀉而下。柏油馬路晒得發軟。路邊一排小樹垂頭喪氣地耷拉著葉子。小河裡的水只剩淺淺的一層，顯露出淤在河床上的破石碎磚。站在陽台上，可以看到許多琉璃瓦屋頂灼亮的反光。可是，裸露的皮膚已經隱隱地從空氣之中捉摸到一絲涼意。天際的幾絮游雲正在悄悄地浮出，樹叢中猛烈的蟬鳴時時不安地顫抖，斷斷續續。轉過身來，我看到磚縫之中一隊螞蟻正在忙碌地搬家。這就對了。衆多小精靈提早嗅到了特殊的氣息，大風將至。根據氣象台的預告，東經 118.5 度，北緯 20.5 度，一個強颱風正在威風凜凜地橫跨太平洋，長驅數百公里，正面撲來。這如同王者不可一世的

巡禮，順我者昌，逆我者亡。海鳥紛紛規避，游魚急速深潛，一大片海域的胸膛洶湧地起伏，如同因為激動而漸漸急促的呼吸。

　　一夜之間，那一隻蝴蝶煽動的微弱氣流已經加劇為巨大的氣旋，在太平洋的遼闊海面陀螺般地打轉。天地之間陰陽交匯，巨人的降生載歌載舞。當然，渺小的肉眼無濟於事，只有衛星雲圖才能拍攝到如此壯觀的巨人舞蹈。

　　颱風具有一種大大咧咧的性格，公開，坦蕩，明目張膽，前呼後擁。颱風不像地震那麼鬼鬼祟祟。地震如同一隻陰險的蛇，悄無聲息地潛行而至，突然把頭探出地面狠狠地咬一口，待人們回過神來又藏匿得無影無蹤。颱風一路上氣勢洶洶，翻雲覆雨，從不隱瞞自己的動靜。這個直徑數百公里的陀螺時常在太平洋上劃出各種漂亮的弧線，然後選定一個切入口大踏步上岸。全世界幾百台大型電腦和無數氣象專家緊張地盯住颱風的運轉軌跡，幾個國家紛紛發佈權威的預測報告，鎖定颱風登陸地點。某些颱風的脾氣厚道老實，氣象台可以精確地計算出它們何時抵達；另一些颱風頑皮古怪，它們有時會突然拐彎，沿著一條誰也沒有料到的路線飛旋而去，恣意掃蕩另一些猝不及防的地區。

　　氣象台一次次發佈緊急警報。陽光早就驚慌地躲藏得無影無蹤。黑雲壓城，層層疊疊。颱風的腳步已經清晰可聞，牆頭上幾莖乾枯的狗尾草抖個不停。一些社區官員從掛有空

調的辦公室鑽出來，頻繁地出入陋巷、危房、工地，通知居民關閉窗戶，搬走陽台上的花盆，加固電線杆，捆緊腳手架，遮蓋散落在地面的水泥砂石。沿海的漁輪紛紛返回碼頭，俯首伏在避風的港灣。高速公路全程封閉，空蕩蕩的入口紅燈不停地閃爍。機場的最後一個航班正在降落，隨後立即宣佈關閉；火車的大部分班次已經取消，檢票員哐當當地鎖上了鐵柵門。一些神經質的婦人匆匆地出入超市，搶購蠟燭、鹽巴、方便麵和礦泉水。一陣巨大的恐慌之後，螞蟻般奔走的人們各自逃回家中。披上了鎧甲的城市靜靜地趴在那裡，等待颱風的踐踏。

當然，也有不少人對於颱風翹首以盼。一個小學生目不轉睛地守在電視機跟前，焦急地等待螢幕右上角圖標轉成黑色。老師告訴他，黑色圖標出現的時候就可以不上學了。一隊越野吉普車隊正在山路上顛顛簸簸地向颱風登陸地點疾馳。他們號稱追風的人。這個車隊試圖闖入颱風中心，尋找颱風眼。颱風眼是氣旋的中心，大約有幾十平方公里的平靜區域。據說裡面的燦爛陽光令人迷醉。

颱風從太平洋水淋淋地爬到岸上的那一刻，整個世界只剩下大風的呼嘯。

電視台的氣象主持人聲色俱厲地警告人們不要到海濱看颱風。這時，颱風的中心風力可能達到十七級。十七級是個什麼概念？主持人解釋說，這種風能迎面將一幢樓房刮倒。

電視上出現的畫面上，一排電線杆中彈似地齊刷刷倒下，一個懸掛廣告的鋼架竟然被擰成了麻花。當然，冒險者仍然不乏其人。幾個敬業的電視記者緊緊裹著橡膠雨衣，竭力扛穩攝像機；女主持人抱著一棵樹對著話筒大喊大叫，聲音仍被刮得支離破碎。她的腰裡捆了一根繩子，繩子的另一端牢牢揪在另一個大漢手裡。

這時，昏黃的海面劇烈地翻滾。湧起的浪頭如同千百隻野獸騰躍而至，怒吼咆哮。十幾米高的巨浪奮力拍在岸邊的礁石上，濺起高高的水花，如同一記又一記響亮的耳光。面海的山坡上，柔韌的相思樹和長長的茅草一律往同一個方向倒伏，所有的枝條都像絕望地求救的手臂，無數的葉子在苦苦的掙扎之中嘩嘩地響成一片。山坳裡有一幢石塊壘成的小平房，幾張瓦片突然如同紙片似的飄到空中。父子倆在屋裡努力頂住咯咯作響大門，門板被大風推得凹了進來。突然窗戶的玻璃砰地一聲裂開了，大風猛地灌進來，蚊帳立即飛上了天花板，廚房裡的鍋碗瓢盆叮叮噹噹響成一片。轉過山坳是一所小學，校舍和教室裡已經空無一人，只有幾扇未曾關緊的窗戶啪啪亂響。操場邊的走廊上擺了一張乒乓球桌。一股風從過道裡竄出來，乒乓球桌被掀到了操場中央，單腿支在地上骨碌碌地打轉。小學後面的山頭上蓋了一座小亭子。六角的亭子頂蓋被大風輕輕地托了起來，紙鷂似地在空中飛翔了一陣，然後穩穩地落在山腳下。

多年之前，我曾經在刮颱風的日子裡出海。那是一個最

大風力六級的小颱風，我乘坐的客輪還是冒險出發了。從江裡駛入大海的時候，我正在餐廳裡吃午飯。客輪開始悠悠蕩蕩地左右搖擺。船向右傾的時候，我從舷窗裡看見了滿天鉛灰色的雲團；船向左傾的時候，我先看見了岸邊長長的山脈，隨即又看見了翻騰在船舷旁邊的浪花。三五個回合之後，我啪地將筷子一扔，抓著船艙的扶手摸索回自己的房間，如同一隻壁虎牢牢地粘在床位之上。二十個小時的航程裡，唯一的意識就是與暈眩和嘔吐搏鬥，甚至連葬身魚腹的恐懼都拋到了腦後。

颱風經過城市上空的時候，所有的樓房和街道彷彿都捲縮成一團，背對天空。從樓房與樓房的間隙可以看到，空中一團又一團的烏雲如同千軍萬馬踩著頭頂疾馳而過。街上稀少的行人傾斜著身體吃力地行走，手中的雨傘被風刮得翻捲過來。不知哪裡來的幾個塑料袋呼地竄上天空，疾速地越飛越遠。待在一幢大瓦房裡，所有的窗戶縫隙都在嗚嗚地尖嘯，猶如無數隻野貓在淒厲地嚎叫。間或就會聽到玻璃或者瓦片破碎的聲音，彷彿這就是這個城市仍未死寂的唯一證明。天漸漸黑了下來，突然白光一閃，然後轟隆一聲巨響，附近的電燈統統熄滅了。大風將空中兩根平行的電線攪到一起，短路形成了大面積的停電。摸索著找出兩根蠟燭點上，顫顫巍巍的燭光不時猛烈地搖晃一下，彷彿隨時會沉沒在黑暗之中。遠處一陣巨大的風聲傳來，窗櫺、柱子、房樑似乎

都在咯咯地抖動，立即要拔地而起似的。

如果住在一幢堅固的樓房裡，心情就會穩定許多。地動山搖的漫天風聲裡有一個安全的洞穴，可能特別好睡。當然，躲進小樓成一統，這時也可以讀一本廉價的浪漫故事。灰姑娘與白馬王子相遇，一陣矯揉造作的不幸之後，有情人終成眷屬。這種故事在明亮的陽光底下破綻百出，可是有了窗外怒吼的狂風，人們很快就會被感動得熱淚盈眶。闔上書本的時候，社區裡慘澹的路燈已經戰戰兢兢地亮起來了。窗戶外面梧桐樹枝的影子瘋狂地搖擺，如同一群喝醉的魔鬼。靈感也許就是在這個時刻突然光臨。急忙鋪開稿紙，一篇偵探小說滔滔不絕地湧出。情節詭異，氣氛恐怖，屍體一具接著一具地拋出來。故事內部風雨大作，那個著名的偵探沿著屋頂放下來的一根吊繩爬入三樓的窗戶……

這時的窗戶一陣緊一陣地沙沙作響。雨終於來了，雨腳斜斜地掃在玻璃上。水花漾開，外面的景象一片模糊。

大雷雨的雨滴豆粒般大小，啪達啪達地砸在窗台上。頃刻之間，烏雲低垂，天昏地暗，狂暴的瓢潑大雨從天而降。大約半個小時，轟隆隆的雷聲漸行漸遠，稀薄的雲層背後藍天再現，幾縷霞光從雲縫裡迸射出來。可是，颱風攜帶的雨雲厚實得多。大雨可以不歇氣地整整下一天，雨腳綿長細密，隨著風向忽左忽右。

一個刮颱風的夜晚，大雨傾盆。我驅車返回寓所。沿途

許多下水道入口咕嚕嚕地冒出一朵朵小水柱，低窪路段迅速淹没。冒險衝過去的小轎車帶起了高高的水花，隨後撲撲地悶響了幾下，熄火在一汪積水中央。我在路燈昏暗的城市裡四處繞行，一直找不到一條安全的路線。一個十字路口汪洋一片，眾多司機紛紛下車察看水情。一輛大巴士奮勇衝入積水，疾馳而去。它帶起的湧浪竟然將兩輛並排的小轎車飄浮起來，砰地撞到一塊，凹了車門。城市的內河裡濁黃的河水默不做聲的上漲，迅速地漫過了附近的路面。一輛出租車擔心將不慎駛入河道，司機跳出車來尋找路面的標記。猶豫茫然之間，水面迅速上升了一尺。驚慌之中，司機只得攀上車頂，抱著車燈盤腿坐了整整一夜——這一幅畫面成了許多份報紙的頭版照片。

一些木條釘成的小筏子開始在這個城市的小巷子穿行。小筏子上載了些米麵糕點。如果有人吆喝，梢公就會用竹竿挑起一個塑膠袋的點心從窗口遞進去。躲在樓上的老人一面鼓著没牙齒的嘴巴咀嚼點心，一面喃喃地回憶起多年前的另一場洪水；孩子們從樓梯上溜下來，驚奇地發現餐桌、自行車和許多只皮鞋都泡在水裡。他們興高采烈地坐在台階上漂紙船。趁著大人不注意，悄悄地將腳丫伸到濁黃的水中撩一下，然後發出得意的尖笑。

大雨下了一整天之後，城市之外成了一片濁黃的汪洋。田野和道路都已沉没，只有烏黑的瓦頂、樹冠和電線杆的頂部和幾根橫七豎八的電線露出水面。一些屋子的泥牆已被洪

水泡軟。一陣輕輕的波濤蕩漾，泥牆無聲無息地癱下，瓦頂轟地在水面製造個漩渦就消失了。上游順流飄下各種雜物：發脹的死豬和死雞屍體，木盆，一棵枝葉茂盛的大樹，椅子和小櫥子，塑膠桶，幾根木柱子，如此等等。一隻鴨子孤伶伶地浮在水面，張惶地隨波逐流；一隻蛇劃出一道長長的水紋，快速地游近岸邊。消息傳來，前面的公路大面積塌方。雨水將整座山頭泡得鬆軟，兩三米厚的土層剝離了岩石，樹木、茅草和種種左右盤旋的藤狀植物帶著大片的泥土轟然滑下，埋沒了村莊邊緣的兩幢房子，然後攔腰截斷了村莊面前的公路。

　　風已經變小了，滂沱大雨仍然均勻地灑下來。天地之間一片沙沙的響聲，沒完沒了。

　　沒有人說得清颱風何時離去。這麼一個龐然大物說走就走，一溜煙消失在空氣之中。

　　颱風過後的城市如同挨了一頓重拳，鼻青眼腫，傷痕累累。大水退下去之後，滿街黃色的淤泥，偶爾還能從泥漿裡發現幾隻小螃蟹或者小泥鰍。馬路中央的隔離柵欄倒了一大片。路邊歪斜的樹木如同缺胳膊少腿的殘兵敗將。一棵大樹傾倒在地，它的根鬚拔出地面時掀開了人行道上的地磚。牆壁上殘留著洪水泡過的黃褐色印記。幾家雜貨店陸續將過水的米、窗簾布和手套、襪子攤在空地上曝晒。

　　人們神色平靜地走出家門，看了看陽光刺眼的天空，然

後開始清理門前的垃圾。報紙上說,這個颱風刮走了多少個億,人們只能認賬。天要下雨,娘要嫁人,由不得自己做主的事,抱怨沒有意義。多少代人都是這麼活下來的。

街頭的巨幅廣告牌被吹得七零八落。一個明星只剩下笑容可掬的半個身子。另一條孤獨的胳膊古怪地擎著一部新款手機。一個球鞋廣告僅僅留下兩根粗壯的大腿。一個美麗的女人裸背從中間裂成了兩半。這些破爛的圖畫懸掛在光禿禿的鋼架上,無意地製造出某種後現代的意味。一個行人心中感慨:生活的表面繁榮如此脆弱,一陣風就可以摧毀;另一個行人的感慨恰好相反:只要那些鋼架子沒有倒下,重新裱上一些更漂亮的圖畫是很容易的事情。

歇息了兩天之後,那個小學生不得不背起雙肩包重新上學。他看到路邊的石階上有一隻大蝸牛緩緩爬行,於是就蹲下身子聚精匯神地觀察。他明白再待下去就要遲到了,然而就是懶得起來。馬路上一串尖銳的汽車喇叭終於驚醒了他。站起身來,他心裡幽幽地嘆了一聲:什麼時候颱風還會再來呢?

讀數時代
南帆

1

一個數學教授多次氣咻咻地抱怨，最討厭太太叮嚀他下課之後從菜市場帶回七八個番茄——「她為什麼總是不肯說清楚究竟七個還是八個？」

聽到這一則軼事的人都會莞爾一笑。的確，數學家就是這麼一些迂呆的人。那些可憎的數字把他們弄傻了。他們的生活如同數字一樣循規蹈矩。1，2，3，4，5，6，7……10肯定比9大。8乘7肯定是56。王子娶的肯定是公主。處長的工資肯定比科長多。爸爸肯定要聽爺爺的話。女兒在25歲之前肯定不能談戀愛而28歲之前肯定必須結婚。如此等等。沒有浪漫。沒有誇張。沒有美妙的想入非非。一切均已量化。乏味——這些數字主義者的世界之中決不會誕生任何奇蹟。

數字是我們生活之中的緊箍咒。人生的悲哀從數數開始。一個文學博士聲明，他就是因為厭惡數字而轉向了文

學。文學是人情世故，數字卻沒有靈魂。如果拿得到詩集，誰願意讀賬簿呢？再也沒有比會計更枯燥的職業了。只有在不得已的時候，文學博士才肯勉勉強強地動一下數字──數一數已經欠了別人多少飯票。

這個意義上，「無數」是一個奇妙的字眼。無數就是一把抹亂了數字設立的秩序。一個小男孩拱在媽媽懷裡撒嬌。媽媽千方百計地哄他學算術：數一數桌上有幾個蘋果？地上有幾輛小汽車？樹上的兩隻小鳥加地上的三隻小鳥是多少？這時，小男孩總是不耐煩地喊起來：「無數！」天真未鑿的孩子本能地要反抗一板一眼的數字。

「無數」的另一個意義也可以說是不可數。生活之中的許多東西不該被數字玷污。幸福，善，正義，勇敢，壯烈，數字又能說明什麼？難道秤得出幸福的斤兩或者為勇敢定一個價格？英語之中，這些概念多半屬於不可數名詞。不可數表明了這些概念的高貴。另一方面，愜意的日子往往也與數字無關。信馬由韁地漫遊在遼闊的草原，有必要數清草叢中的野花嗎？坐上竹伐順流而下，有必要數清鋪在河床上的鵝卵石嗎？酒逢知己，管他千杯還是萬盞，邀請一個心儀的美人喝咖啡，付賬的時候就不要侍者找回零錢了。或許有人會說，富翁肯定把數錢當作一個莫大的享受。可是，真正的富翁是不必數錢的──數也數不清。

2

我們的祖先很少斤斤計較地把數字放在眼裡。《老子》說：「道生一。一生二。二生三。三生萬物。」三以下可以慷慨地存而不論了。這就是氣魄。「舉一反三」的典故出自孔子的《論語》：「舉一隅不以三隅反，則不復也。」《左傳》之中的這句話也很有名：「一鼓作氣，再而衰，三而竭。」他們都只想說到「三」為止。士別三日，三寸之舌，三緘其口，三腳貓——古人數到三之後似乎就沒什麼耐心了。如若要將他們的眼睛晃得花起來，把「朝三暮四」改為「朝四暮三」也就夠了。

古代的詩人對於數字更是瀟灑。「白髮三千丈，緣愁是個長」；「潮平兩岸闊，風正一帆懸」；「七八個星天外，兩三點雨山前」；「南朝四百八十寺，多少樓台煙雨中」；「沉舟側畔千帆過，病樹前頭萬木春」——這些數字無非是涉筆成趣，不必認真。杜甫的〈古柏行〉極言樹之高大：「霜皮溜雨四十圍，黛色參天二千尺。」後世一個呆頭呆腦的讀者數字主義脾氣發作。他算過了「四十圍」與「二千尺」形成的比例之後不禁驚呼起來：這棵樹不是太細了嗎？這當然只能在文學史上留下一陣哄笑。

我們的祖先活在詩意之中。邀明月，悲落葉，仰看青峰依舊，長嘆似水流年。這時，78或者106這些單調的數字產生不了什麼意趣。睡於所當睡，醒於不可不醒，日出而作，

日入而息，不知今夕何夕，這種日子之中有什麼可數的？我們的祖先大約很少數到一千之外──他們的生活之中沒有多少東西超得過一千。不可勝數的時候，他們就用「千軍萬馬」、「多如牛毛」或者「過江之鯽」來打發──他們才不想為數字費神。

沒有數據的參考，如何辦得成大事？且看「愚公移山」。太行、王屋兩座大山擋住了愚公的家門。九十歲的愚公打算把它們挖掉。愚公根本不想雇用一大堆工程師精確地計算這一項工程的土方和勞動量。他的決心僅僅源於一個對比：山不再增高，而他的子子孫孫是沒有窮盡的──總有一天會把兩座大山鏟平。這還需要數什麼？

回避數字，並不是表明我們的祖先缺乏智慧。這毋寧說隱含了他們的人生觀。頭緒紛繁的世界怎麼算得清楚呢？人生苦短，想得太多是沒用的。「生年不滿百，常懷千歲憂」，這不是一個聰明的策略。這一筆帳算明白之後，其他的帳就不必再算了。

3

什麼是現代社會？現代社會是攜帶一大批數字、圖表、公式到來的。現代社會的風格就是用數字說明問題。猜測、想像、面壁構思、電光石火般的靈感不再重要。重要的是──拿出數據來。數字開始對社會的每一個局部精耕細作。選舉票數。考試分數。工資級別。退休年齡。雨量多少毫

米。時速多少公里。導彈鎖定了 4 號目標。地球上每天消失
20 個物種。發出問卷調查表 2 萬張，回收 1 萬 3 千 6 百 72
張。82%的人傾向於使用甲圖案作為會標。6%的人傾向於乙
圖標。4%的人傾向於丙圖標。2%的人提出自己的方案。數
字。數字。數字。Time is money。時間已經精確到秒。每個
人的手腕上都掛上亮晶晶的手錶。秒針每一次嘀嗒嘀嗒的顫
動都指向了一個新的數字。

　　大哥乘坐 81 次快車於 12 點 37 分抵達，停靠 5 號站台。
我的公寓是第 2 大道 28 號 6 幢 701 室。這一段引文請見莎
士比亞全集第 5 卷第 62 頁。這一台洗衣機的價格 4700 元，
條形碼是 8742910753027。我是誰？我是一批數字的組合
體。身份證號碼。護照號碼。駕駛證號碼。電話號碼。車牌
號碼。銀行存摺的帳號和密碼。身高。體重。血壓。幾個兄
弟。幾個子女。大約幾點到幾點之間可以到辦公室找我。就
是這件事嗎？我心中有數了！

　　輕狂的文人看不起與數字有關的職業。他們始終不明白
銀行家和會計師如何從眾多的數字之中找到了富裕。當然有
人不服氣。巴爾扎克就曾經籌集一筆錢投資贏利，結局是負
債累累。詭秘的數字不賣文學天才的帳。無論如何，現今的
文人已經沒有理由蔑視一串一串的數字。魯迅就對於數字給
予必要的尊重。他在日記之中瑣細地記錄了收到多少稿費，
花費多少錢購書、請客或者看病。這些數字讓生活變得真實
可觸。

花費多少錢購書、請客或者看病，這些事都屬於家政理財的範圍。同時，這也是經濟學的起源——economy 一詞就包含了節省家庭開支的涵義。經濟學無疑是現代社會的顯學，一些人甚至戲稱為經濟學帝國主義。經濟學不僅是教授們嘴裡的一些概念；更重要的是，經濟學就是要學會算數。交換，價格，物有所值，所有的事情都要用數字精打細算地推敲——哪怕是一些曾經認為是無價的事情。例如，經濟學插足信仰問題之後，我們可以看到經濟學家列舉的一些特殊命題：為了獲取彼岸報酬，人類願意與神建立交換關係；被同一群人崇拜著的神的數量越多，每一神所獲得的交換價格便越低；在與諸神的交換關係中，人類願意對那些被認為更負責的神支付更高的價格；一切宗教闡釋，尤其是那些涉及到來世報酬的，都包含著風險；如此等等。不言而喻，擅長算數的人肯定會得到可觀的回報。否則，那些精明的經濟學家才不想白費心血。

數字的確有無可辯駁的說服力。憑什麼說喬丹是最有價值的籃球運動員？統計數據表明，他的得分、斷球、助攻均是首屈一指。泰森和霍利菲爾德正在拳擊台上扭成一團。如何裁決他們的勝負？三個裁判出示的點數是權威的依據。從藥物效果的臨床實驗到一個產品的市場前景預測，從區域經濟狀況的評估到金絲猴是否瀕危動物的疑問，數據將平息一切爭議。有了具體數字的描述，事情可能顯出隱藏的另一面。例如，如果了解到一個人的一生大約要放十萬個屁，拉

三十噸左右的糞便，我們就會對空氣污染指數和修建公共廁所的迫切程度考慮得更為嚴重一些。一個銀行職員發現，許多客戶取款的時候往往放棄了幾分、幾厘的利息尾數。誰在乎這幾個微不足道的小錢？於是，這個銀行職員好奇地編製了一個軟件程序，將所有客戶放棄的利息尾數自動轉入一個私設的帳戶。一年之後打開這個帳戶，他被巨大的數額嚇得魂不附體，連忙上警察局自首。所以，只有不懂事的黃口小兒才會念叨「讀圖時代」的到來；另一些老謀深算的人早已意識到，現在毋寧說是「讀數時代」。時髦的計算機顯然是「讀數時代」的一個偉大象徵。只有置身於這個時代，每秒運算幾億次的古怪機器才可能隆重地問世。

4

我們沉溺於紛繁的數字之中，真實卻悄悄離去——紛繁的數字能夠還原出一個有聲有色的日子嗎？

多數人僅僅對一些小數目有感覺。菜市場上，人們時常因為幾角錢爭得面紅耳赤。至於兩台電視機之間 5 千元與 5 千 8 百元的差價，人們的感覺就遲鈍了許多。只要店主適時地勸一句，人們就會欣然地多掏 8 百元。到了購買一套公寓的時候，人們不再重視 33 萬與 35 萬的差別——儘管買賣的雙方可能因為一扇窗戶的朝向反覆磋商。人們的感官負擔不了大的數字。

我的心目中，統計機構是一個奇特的部門。如同變魔術

似的，統計人員頃刻之間將一個龐大的社會化為幾個抽象的數字。廣袤的大地，寬闊的水域，田野，森林，工廠，企業，多少人熬夜加班，多少人汗流浹背，多少台機器高速運轉，多少商品源源不斷地搬上貨架……然而，這一切無非是縮在報表框格之中的幾行數字。對於那些長期撥弄數字的人說來，世界彷彿喪失了應有的份量。國民生產總值減少一個百分點，這意味了什麼？輕飄飄的數字不會給人造成切膚之痛。多數人覺得，150 億元與 120 億元之間的差別僅僅是數字的差別。只有將 1 億元還原為 200 萬輛奔馳小轎車時，我們才會大吃一驚——呵，那麼多的奔馳轎車一下子消失在空氣之中！

　　數字是客觀的，不依人們的意志為轉移的，因此，數字沒有親疏善惡之別。如果可感的生活完整地置換為一套數字代碼，我們就會跨入一個冷漠的世界。上午穿過 1 號山峰，途經 4 號山谷，沿 2 號溪漂下，中午抵達 5 號餐廳用餐——如果一本旅遊手冊如此介紹名山大川，誰還有興趣上路？市政府是 1339 號，警察局是 2476 號，醫院是 2827 號，歌舞廳是 7174 號，超級市場是 9818 號，火葬場是 8037 號……這些數字的排列不再給人們製造激動、莊嚴、快樂、悲哀——甚至恐怖。監獄裡的囚犯不再有自己的名字。他們在獄卒口中只是一個編號——一個沒有人疼、沒有人愛、沒有人牽腸掛肚的數字。

　　只能依據數字判斷嗎？那麼，42 歲的人肯定比 41 歲的

人成熟，5千零1元的照相機肯定比5千元的照相機高級。為什麼那一個風度翩翩的演員傾倒了千萬人？他不就是千萬分之一嗎？為什麼老是背誦那一個詩人的警句？我們不是滔滔不絕地說得更多嗎？是的，投票是由來已久的數字民主，但投票不一定就是理想政治的標本。我不清楚蘇格拉底飲下的毒酒之中積攢了多少雅典法官的票數，我可以肯定的是，希特勒也是通過投票上台的。不，我們的確不能太信任數字。否則，我們可能在一清二楚的時候看不見偉大的獨行者，遺忘了少數人的權益或者忽略了弱者的血淚。

生活之中肯定存在這樣的時刻——我們絲毫也想不起數字來。父親不是他的工齡和退休金的數目，而是白髮蒼蒼和一張皺紋密佈的臉；女兒不是她的學生證號碼和考試成績，而是天真的笑靨。體溫，口吻，眼神，餐桌上的氣氛，走廊之中熟悉的問候……親近是數字的天敵。許多時候，只有遙遠而陌生的世界才訴諸數字。

5

現代社會攜帶一大批數字、圖表、公式到來了。馬克斯·韋伯認為，現代社會包含了一個「脫魅」的歷史階段。種種魑魅魍魎隱退了，理性、科學以及機械般的精確走到了前台。想像得出來，數字的運用對於「脫魅」產生了巨大的作用。

然而，數字僅僅是理性的象徵嗎？某些時刻，我們可能

突然發現，數字是一個充滿魔力的符號。它們如同神秘的精靈，無聲地暗示了某種神諭。這時的數字是可怖的。

古代的演義小說之中，軍師是一些神秘的人物。只須掐指一算，他們上知天文，下諳地理，明乎天下大勢，預先猜到了蒼天要將江山社稷託付給哪一個真命天子。他們究竟從哪幾個數字之中窺見了天機？這就是古代著名的「術數」之學。一系列奇特的數字交織於祭禱祓禳、卜筮算命、占星候氣、解夢相面之類活動之中。這時的數字毋寧說是破解天機的口令。

所以，迄今為止，我們仍然保留了對於數字的敬畏。我們都想知道自己的幸運數是什麼，這是購買彩票或者挑選電話號碼、車牌號碼的依據。當然，我們也會儘量避免與某些數字照面。西方人忌諱 13，一些省份的人因為「死」的諧音而忌諱 4。將自己的生辰八字交給算命大師的時候，我們總是惴惴不安：帶入某種神秘的公式運算之後，這些數字昭示的命運是什麼？賭場裡面，人們的數字崇拜達到了頂點。輪盤正在悠然轉動，骰子骨碌碌地翻滾，第五張撲克牌即將揭開，所有的人都目不轉睛——這是一個揪住了多少人心的數字！當然，輸得傾家蕩產的人也沒有權利詛咒這個數字。他們的感嘆已經承認，這些數字代表了天意，不可質詢——他們搖搖頭說：人算不如天算！

誰都明白，數字僅僅是一些符號。可是多少人意識到，這些符號的組合會形成一個巨大的迷魂陣？數學家是一批竭

力攻打這種迷魂陣的勇士。如癡如醉的演算，殫精竭慮的苦思，嘔心瀝血的證明，一個哥德巴赫猜想就會無聲無息地掠走人們全部的心血。曙光將現，豁然開朗，漫天飛翔的想像收斂了翅膀停歇在最後一頁稿紙上——這時人們才發現，瘋狂地追逐了多少年的竟然就是這幾個沒有實際意義的數字。

西方哲學史顯示，我們對於數字的瘋狂可以遠溯到畢達哥拉斯學派。畢達哥拉斯既是一個純粹的數學家，又是一個宗教的先知。這個哲學部落成為數學與神學的交匯之地。「萬物都是數」——畢達哥拉斯的論斷不僅是數學的，同時是神學的。$1+2+3+4=10$，「十」因為包含了最初的四個數字而被視為最為完滿的數目。因此，天上運行的星球也必須是十個——他們甚至為之虛構了一個看不見的天體。用羅素的話說，數字可能使畢達哥拉斯主義者得到一種「狂醉式的啟示」。數字是超感官的。或許，這就是數學與神學異曲同工之處。不止一位古代的西方思想家猜想，上帝嗜好算術——甚至就是一個出色的幾何學家。

6

馬克斯・韋伯所說的「脫魅」的確是精采之論。然而，我還想補充的是——數字是否也會在現代社會重新「造魅」？無論是天文、地理還是財會金融，數字常常提供了一些天方夜譚式的故事。我們弄不明白這些故事，只能恭恭敬敬地聽從專業人士的解釋。我們信奉專業人士猶如古代的信

徒信奉僧侶。

我想提到的第一個例子是電話。只要伸出手指在一台小機器上按幾個數字，這台小機器之中就會響起另一個人的聲音——即使這個人遠隔千山萬水。這像不像古代術士手中的魔術？

我們口袋裡的紙幣也是一大怪物。古人用的是金元寶、紋銀或者銅錢，托在手心沉甸甸的。現在好了，一張薄薄的紙片上標明幾個數字，就可以扛回麵包、牛肉或者電冰箱。銀行無非是一個巨型數學家。一大批銀行職員在各種紛雜的數字之間算來算去，居然就算出了火車、輪船和高速公路。對於那些只懂得「種瓜得瓜，種豆得豆」的老實人說來，這的確匪夷所思。

當然，股票市場是一個更為奇怪數字空間。出手買下100元股票之後，半小時之內可能飆升為180元，也可能只剩下10元。這是什麼道理？運氣好的時候，某些數字會發酵嗎？運氣差的時候，會有一隻怪獸跳出來吞掉一些數字嗎？

如果一大批數字和公式組織起一場暴動，那麼，可怕的時刻就來臨了。經過相當長時間的數據跟蹤和調查，以索羅斯為首的一批國際炒家終於動手了。伏擊泰國，揮戈馬來西亞、菲律賓、印尼，覬覦新加坡、緬甸、香港，一場猝不及防的金融風暴迅猛地摧毀了東南亞地區的經濟秩序和生活信心。全球為之震撼驚悚。然而，沒有軍隊，沒有硝煙，沒有

槍聲，沒有導彈和航空母艦，只有一系列數字在電子屏幕上
瘋狂地跳動：匯率，股市，債務，貸款，外匯儲備，收支赤
字……數字突然成為一種新的魔咒，法力無邊。它們哪裡還
是一些平靜地趴在紙張上的符號？這時的數字就是國家、政
府、家庭和生命。

韓少功小傳

1953 年 1 月出生於湖南長沙，現居海南。1968 年初中畢業後赴湖南省汨羅縣插隊務農，1974 年調該縣文化館工作，1982 年畢業於湖南師範大學中文系，後任湖南省《主人翁》雜誌編輯、副主編，1985 年進修於武漢大學英文系，隨後調任湖南省作協專業作家，1988 年遷調海南省，歷任《海南紀實》雜誌主編、《天涯》雜誌社長、海南省作協主席、中國作協四屆理事，第五、六、七屆主席團委員。現任省文聯主席，兼任海南大學教授，清華大學當代文學與文化研究學術委員會委員。1974 年開始文學寫作，1979 年加入中國作家協會。著有《韓少功文集》（十卷），含短篇小說《西望茅草地》、《歸來去》等，中篇小說《爸爸爸》、《鞋癖》等，散文《世界》、《完美的假定》等，長篇小說《馬橋詞典》。另有長篇筆記小說《暗示》，譯作《生命中不能承受之輕》、《惶然錄》，散文集《山南水北》等。《西望茅草地》、《飛過藍天》分獲全國優秀短篇小說獎，《馬橋詞典》獲上海中長篇小說大獎，台灣《中國時報》和《聯合報》最佳圖書獎，入選海內外專家推選的「二十世紀華文小說百部經典」。《山南水北》獲第四屆魯迅文學獎，《暗示》獲華文媒體文學大獎小說獎。作品有英、法、荷、意、韓、西等多種外文譯本在境外出版。2002 年獲法國文化部頒發的法蘭西文藝騎士獎章。

評委會評語

　　一部壯觀的散文長卷。韓少功將認識自我執著地推廣為認識中國，以忠直的體察和寬闊的思考，在當代背景下發掘和重建了鄉土生活的豐沛意義。

山南水北

—— 八溪峒筆記（節選）

韓少功

01 撲進畫框

我一眼就看上了這片湖水。

汽車爬高已經力不從心的時候，車頭大喘一聲，突然一落。一片巨大的藍色冷不防冒出來，使乘客們的心境頓時空闊和清涼。前面還在修路，汽車停在大壩上，不能再往前走了。乘客如果還要前行，探訪藍色水面那一邊的迷濛之處，就只能收拾自己的行李，疲憊地去水邊找船。這使我想起了古典小說裡的場面：好漢們窮途末路來到水邊，幸有酒保前來接頭，一支響箭射向湖中，蘆葦泊裡便有造反者的快船閃出……

這支從古代射來的響箭，射穿了宋代元代明代清代民國新中國，疾風嗖嗖又餘音裊裊——我今天也在這裡落草？

我從沒見過這個水庫——它建於上個世紀70年代中期，是我離開了這裡之後。據說它與另外兩個大水庫相鄰和相

接，構成梯級的品字形，是紅色時代留下的一大批水利工程之一，至今讓山外數十萬畝農田受益，也給老山裡的人帶來了駕船與打魚一類新的生計。這讓我多少有些好奇。我熟悉水庫出現以前的老山。作為那時的知青，我常常帶著一袋米和一根扁擔，步行數十公里，來這裡尋購竹木，一路上被長蛇、野豬糞以及豹子的叫聲嚇得心驚膽戰。為了對付國家的禁伐，躲避當地林木站的攔阻，當時的我們賊一樣晝息夜行，十多個漢子結成一夥，隨時準備闖關甚至打架。有時候誰掉了隊，找不到路了，在月光裡恐慌地呼叫，就會叫出遠村裡此起彼伏的狗吠。

當時這裡也有知青點，其中大部分是我中學的同學，曾給我提供過紅薯和糍粑，用竹筒一次次為我吹燃火塘裡的火苗。他們落戶的地點，如今已被大水淹沒，一片碧波浩渺中無處可尋。當機動木船突突突犁開碧浪，我沒有參與本地船客們的說笑，只是默默地觀察和測量著水面。我知道，就在此刻，就在腳下，在船下暗無天日的水深之處，有我熟悉的石階和牆垣正在飄移，有我熟悉的灶台和門檻已經殘腐，正在被魚蝦探訪。某一塊石板上可能還留有我當年的刻痕：一個不成形的棋盤。

米狗子，骨架子，虱婆子，小豬，高麗……這些讀者所陌生的綽號不用我記憶就能脫口而出。他們是我知青時代的朋友，是深深水底的一只只故事，足以讓我思緒暗湧。三十年前飛鳥各投林，彈指之間已不覺老之將至——他們此刻的

睡夢裡是否正有一線突突突的聲音飄過？

巴童渾不寢，夜半有行舟。這是杜甫的詩。獨行潭底影，數息身邊樹。這是賈長江的詩。雲間迷樹影，霧裡失峰形。這是王勃的詩。野曠天低樹，江清月近人。這是孟浩然的詩。蘆荻荒寒野水平，四周唧唧夜蟲聲。這是《閱微草堂筆記》中俞君祺的詩……機船剪破一匹匹水中的山林倒影，繞過一個個湖心荒島，進入了老山一道越來越窄的皺褶，沉落在兩山間一道越來越窄的天空之下。我感覺到這船不光是在空間裡航行，而是在中國歷史文化的畫廊裡巡遊，駛入古人幽深的詩境。

我用手機接到一個朋友的電話，在柴油機的轟鬧中聽不太清楚，只聽到他一句驚訝：「你在哪裡？你真的去了八溪？」──他是說這個鄉的名字。

為什麼不？

「你就打算住在那裡？」

不行嗎？

我覺得他的停頓有些奇怪。

融入山水的生活，經常流汗勞動的生活，難道不是一種最自由和最清潔的生活？接近土地和五穀的生活，難道不是一種最可靠和最本真的生活？我被城市接納和滋養了三十年，如果不故作矯情，當心懷感激和長存思念。我的很多親人和朋友都在城市。我的工作也離不開轟轟城市。但城市不知從什麼時候開始已越來越陌生，在我的急匆匆上下班的線

路兩旁與我越來越沒有關係，很難被我細看一眼；在媒體的
罪案新聞和八卦新聞中與我也格格不入，哪怕看一眼也會心
生厭倦。我一直不願被城市的高樓所擠壓，不願被城市的噪
聲所燒灼，不願被城市的電梯和沙發一次次拘押。大街上汽
車交織如梭的鋼鐵鼠流，還有樓牆上佈滿空調機盒子的鋼鐵
肉斑，如同現代的鼠疫和痲瘋，更讓我一次次驚悚，差點以
為古代災疫又一次入城。侏羅紀也出現了，水泥的巨蜥和水
泥的恐龍已經以立交橋的名義，張牙舞爪撲向了我的窗口。

「生活有什麼意義呢？」

酒吧裡的男女們疲憊地追問，大多找不出答案。就像一
台老式留聲機出了故障，唱針永遠停留在不斷反覆的這一
句，無法再讀取後續的聲音。這些男女通常會在自己的牆頭
掛一些帶框的風光照片或風光繪畫，算是他們記憶童年和記
憶大自然的三兩存根，或者是對自己許諾美好未來的幾張期
票。未來遲遲無法兌現，也許永遠無法兌現──他們是被什
麼力量久久困鎖在畫框之外？對於都市人來說，畫框裡的山
山水水真是那樣遙不可及？

我不相信，於是撲通一聲撲進畫框裡來了。

02 地圖上的微點

幾年前我回到了故鄉湖南，遷入鄉下一個山村。這裡是
兩縣交界之地，地處東經約 113.5 度，北緯約 29 度。洞庭湖
平原綿延到這裡，突然遇到了高山的阻截。幕阜山、連雲

山、霧峰山等群山拔地而起，形成了湘東山地的北端門户。它們在航拍下如雲海霧浪前的一道道陡岸，升起一片鋼藍色蒼茫。

　　山脈從這裡躍起，一直向南起伏和翻騰，拉抬出武功山脈和羅霄山脈，最終平息於遙不可及的粵北。我曾找來一本比一本比例尺更大的地圖，像空降兵快速降低高度，呼呼呼把大地看得越來越清楚，但最終還是看不見我的村莊。我這才知道，村莊太小了，人更是沒有位置和痕跡。那些平時看起來巨大無比的幸福或痛苦，記憶或者忘卻，功業或者遺憾，一旦進入經度與緯度的座標，一旦置於高空俯瞰的目光之下，就會在寂靜的山河之間毫無蹤跡——似乎從來沒有發生過，也永遠不會發生。

　　浩闊的地貌總是使人平靜。

05 耳醒之地

　　八溪鄉只有四千多人，卻一把撒向了極目望斷的廣闊山地，於是很多地方見山不見人，任雀噪和蟬鳴填滿空空山谷。

　　近些年，青壯年又大多外出打工，去了廣東、浙江、福建等以前很少聽説的地方，過年也不一定回家，留下的人影便日漸稀少。山裡更顯得寂靜和冷落了。很多屋場只剩下幾個閑坐的老人，還有在學校裡週末才回家的孩子。更有些屋場家家閉户，野草封掩了道路，野藤爬上了木柱，忙碌的老

鼠和兔子見人也不躲避。

外來人看到路邊有一堆牛糞，或者是一個田邊的稻草人，會有一種發現珍稀物品時的驚喜：這裡有人！

寂靜使任何聲音都突然膨脹了好多倍。外來人低語一聲，或咳嗽一聲，也許會被自己的聲音所驚嚇。他們不知是誰的大嗓門在替自己說話，不知是何種聲音竟敢冒天下之大不韙，闖下這一驚天大禍。

很多蟲聲和草聲也都從寂靜中升浮出來。一雙從城市喧囂中抽出來的耳朵，是一雙甦醒的耳朵，再生的耳朵，失而復得的耳朵，突然發現了耳穴裡的巨大空洞與遼闊，還有各種天籟的纖細、脆弱、精微以及豐富。只要停止說話，只要壓下呼吸，遙遠之處牆根下的一聲蟲鳴也可洪亮如雷，急切如鼓，延綿如潮，其音頭和音尾所組成的漫長弧線，其清音聲部和濁音聲部的兩相呼應，都朝著我的耳膜全線展開撲打而來。

我得趕快捂住雙耳。

06 拍眼珠及其他

山裡並不像外人想像的那麼閉塞。自從電視和衛星天線降價，山民們的房前屋後出現鋁皮鍋，吞吸著亞太上空無形的衛星信號，於是武俠劇，歌手賽，外國總統，超短裙，男女接吻，英超球賽和日本卡通，還有豐乳霜和潤滑油的廣告，等等城裡人熟悉的東西，也都變戲法似的無中生有，日

夜空降遍入民宅，衝擊著山民們的眼球。

不過，他們對這些似懂非懂，要看不看，把電視權當一張可以變幻多端的年畫，徒增一點家裡的熱鬧而已。有一家的電視，從一大早就叫嚷出了最大音量，播出某阿拉伯語的新聞——大概那語言同中國普通話一樣難懂，或者主人從未打算從中聽懂什麼，也不曾聽懂過什麼，只是要用最大音量來掃除寂靜。他不覺得有更換頻道的必要。三個娃崽守在屏幕前，咬著指頭，抹著鼻涕，看得津津有味。這比起他們以前看滿屏雪花裡幾個鬼影當然要有意思多了——鋁皮鍋的功勞令人振奮。

我擔心他們聽不懂，告訴他們這不是中國的節目，意思是他們得學會選台。但主人並不在意，反而說這個頻道好看，蠻好看，你不看嗎？

不知他們對阿拉伯為何情有獨鍾。

老人們年邁體弱，不大出山了，卻胸懷著五洲四海，經常與阿拉伯或印度的音畫為伴。他們談起世道大多從電視機談起。一般來說，他們高興科學的進步，毫無中世紀教廷那種對科學的恐懼。電視不就是「千里眼」嗎？手機不就是「順風耳」嗎？飛機不就是「神行法」嗎？火車不就是明朝高人劉伯溫的「鐵牛肚子藏萬人」嗎？……在他們看來，這一切早在中國人的預謀之中。他們連聲嘖嘖，一個勁地搖頭，驚嘆古人的超前預見，也驚嘆現代化無所不能，並且把所有奇蹟都歸功於國家領袖，比如毛澤東或鄧小平這樣的人

物。

他們對現實也不很滿意，尤其痛恨世風日下，人心不古，倫常喪盡。眼下偷茄子的有了，偷杉樹的也有了。就算上了公堂，直的可以說彎，死的可以說活，惡人說不定還可以使錢買官司。照這樣下去，天下焉得不亂？政府不猛下毒手，何談治國安邦？特別是電視裡男的抱著女的唧唧唧，女的抱著男的唧唧唧，抱住別人的婆娘或老公也還是唧唧唧，成何體統？下流不下流？他們一到這個時候就恨恨地質問：怎麼沒人來拍眼珠？

「拍眼珠」，是以前的私刑。一位法國史學家曾談到地中海周邊山區，說稅收和法律無法延伸到高山，山民們總是生活在歷史之外。但中國的山民們以前疏於國法，卻不乏家法。直到上一個世紀，官權管制網絡覆蓋到最底層，國法興而家法亡，現代國家體制才逐漸成形。但這在老人們看來利弊兼有，是說不大清楚的。他們巨大的困惑是：以前誰敢偷盜？誰敢淫邪？誰敢不孝父母？偷了一塊燻肉，就須殺豬一頭，請大家喝「洗臉酒」。要是罪行大了，祠堂門一開，就得把賊人綁在樹上，用小竹筒套住他的眼睛，再在竹筒尾端猛力一拍，刺溜一下，賊人的眼珠就被擠壓出來，帶血帶水地落在竹筒裡——八溪鄉老一輩中至今還有幾個獨眼人，臉上留有酷刑殘跡。

「燒油扇」也是私刑之一。抓到偷人養漢的淫婦，至少也是要罰她幾桌「洗臉酒」。要是她的罪大，就得把她全身

刷光，讓她坐進一個沒有板子的椅框，下身一折，陰户朝外暴露。然後有一把油紙扇插入陰户，一經點火，陰户就燒得火冒油滴，毛焦肉臭，以後永不可再淫。

老人們說，男子犯家法也得論罪。山那邊有個泥瓦匠，是個好色多騷的郎豬，即書上說的配種公豬。他臉皮也太厚了，睡人家的女兒不算，還睡人家的媳婦，最後還睡上自己的親嬸子。族老們對此氣昏了頭，說女兒麼也就算了，反正是要嫁出去的，亂倫和亂種則萬萬不可，不沉塘滅逆，實在天理不容。

他們只是沒有料到，那郎豬不但雞巴騷，而且水性太好，被衆人綁在樓梯上，沉到水塘裡三番五次，一出水還在眼眨眉毛動，打噴嚏，甩腦袋，讓衆人十分無奈。

眼看日落西山，郎豬覺得鄉親們太累了，太沒面子了，才主動給衆人找了個台階：「你們是真要我死呵？不是開玩笑呵？怎麼不早說呢？快快快，削個塞子來，塞住我的屁眼。」

他的意思是，那樣才能淹死他。

大家半信半疑，照他說的去削了個木塞子，堵住他的肛門。這樣，當人們再次將其綁在樓梯上沉塘時，水裡冒出一串氣泡，然後不再有動靜。

我不知這種傳說是否有幾分誇張。

07 智蛙

我們一家進了村，發現房子還沒蓋好，根本沒法住。施
工隊的包工頭老潘滿臉歉意，說不是他有意謊報軍情，耽誤
工期確有客觀原因：下雨、停電、機器壞了、有人要回家插
秧等等。但我看他成天與婦女們打牌，輸錢無數，是最受婦
女們歡迎的「扶貧幹部」——這才是誤工的最大原因吧？

我這樣一說，潘師傅紅著臉，但堅決不承認。

我們只好暫時借居在附近的慶爹家，耐心等待工程掃
尾，順便也開始荒土的初墾。

慶爹家門前有一口荷塘，其實是水庫的一部分，碰到水
位上漲，水就通過涵管注滿這一片窪地，形成一口季節性水
塘。每天晚上，塘裡的青蛙呱呱叫喚，開始時七零八落，不
一會兒就此起彼伏，再一會兒就相約同聲編列成陣，發出節
拍整齊和震耳欲聾的青蛙號子，一聲聲鍥而不捨地夯擊著滿
天星斗。星斗戰慄著和閃爍著，一寸寸向西天傾滑，直到天
明前的寒星寥落。

有時候，青蛙們突然噤聲，像全鑽到地底下去了。

仔細一聽，是水塘那邊的小路上有人的腳步聲。奇怪的
是，不久前也有腳步聲從那裡經過，甚至有一群群娃崽打鬧
著跑過，青蛙如何沒有停止叫喚？

慶爹說，老五來了。

我後來才知道，老五是個抓蛤蟆的。

　　我後來還知道，老五這一次儘管不是來抓蛤蟆，既沒有帶手電筒，又沒有帶小鐵叉，但蛤蟆還是認出了他。

　　這真是怪事。如果不是我親眼所見，我還真不能相信青蛙有這種奇能。它們居然從腳步聲中辨出了宿敵的所在，居然迅速互通信息然後作出了緊急反應，各自潛伏一聲不吭。它們不就是幾隻蛤蟆嗎？現代人用雷達、電腦、手機、激光、群發裝置也勉為其難的事情，幾隻蛤蟆憑什麼可以做到？

　　老五的腳步聲過去以後，青蛙聲又升起來了。不管我在塘邊怎麼走來走去，它們都不理睬我的疑惑，哪怕我重重跺腳，它們也一聲聲叫得更歡。我在黑夜裡看不到它們，但我能想像它們臉上那種對低智慧人類的一絲譏笑。

08 笑臉

　　下鄉的一大收穫，是看到很多特別的笑臉，天然而且多樣。每一朵笑幾乎都是爆出來的，爆在小店裡，村路上，渡船上，以及馬幫裡。描述這些笑較為困難。我在常用辭彙裡找不出合適的詞，只能想像一隻老虎的笑，一隻青蛙的笑，一隻山羊的笑，一條鱔魚的笑，一頭騾子的笑……對了，很多山民的笑就是這樣亂相迸出，乍看讓人有點驚愕，但一種野生的恣意妄為，一種原生的桀驁不馴，很快就讓我由衷地歡喜。

　　相比之下，都市裡的笑容已經平均化了，具有某種近似

性和趨同性。尤其是在流行文化規訓之下,電視、校園、街道、雜誌封面、社交場所等都成了表情製造模具。哪怕是在一些中小城鎮,女生們的飛波流盼都可能有好萊塢的尺寸和風格,總是讓人覺得似曾相識。男生們可能咧咧嘴,把拇指和食指往下巴一卡,模擬某個港台明星的代笑動作——我在有一段時間就好幾次見到這種流行把戲。公園裡的一個小孩不幸衝著照相機大笑了,旁邊的母親竟急得跺腳:「怎麼搞的?五號微笑!五號!」

嚇得小孩趕快收嘴巴縮鼻子,整頓自己的表情。

山裡人遠離著「五號」或者「三號」,不常面對照相機的整頓要求,而且平日裡聚少散多,缺少笑容的互相感染和互相模仿。各行其是的表情出自寂寞山谷,大多是對動物、植物以及土地天空的面部反應,而不是交際同類時的肌肉表達,在某種程度上還處於無政府和無權威的狀態,尚未被現代社會的「理性化」統一收編,缺乏大眾傳媒的號令和指導。他們也許沒有遠行和暴富的自由,但從不缺少表情的自由。一條條奔放無拘的笑紋隨時綻開,足以豐富我們對笑容的記憶。

我懷疑,在這裡住過一段時間以後,我在鏡中是否也會笑出南瓜或者石碾的味道,讓自己大感陌生?

11 懷舊的成本

房子已建好了,有兩層樓,七八間房,一個大涼台,地

處一個三面環水的半島上。由於我鞭長莫及無法經常到場監工，停停打打的施工便耗了一年多時間。房子蓋成了一個紅磚房，也成了我莫大遺憾。

在我的記憶中，以前這裡的民宅大都是吊腳樓，依山勢半坐半懸，有節地、省工、避潮等諸多好處。牆體多是石塊或青磚組成，十分清潤和幽涼。青磚在這裡又名「煙磚」，是在柴窯裡用煙「嗆」出來的，永遠保留青煙的顏色。可以推想，中國古代以木柴為燒磚的主要燃料，青磚便成了秦代的顏色，漢代的顏色，唐宋的顏色，明清的顏色。這種顏色甚至鎖定了後人的意趣，預製了我們對中國文化的理解：似乎只有青磚的背景之下，竹桌竹椅才是協調的，瓷壺瓷盅才是合適的，一冊詩詞或一部經傳才有著有落，有根有底，與牆體得以神投氣合。

青磚是一種建築象形文字，是一張張古代的水墨郵票，能把七零八落的記憶不斷送達今天。

大概兩年多以前，老李在長途電話裡告知：青磚已經燒好了，買來了，你要不要來看看？這位老李是我插隊時的一個農友，受託操辦我的建房事宜。我接到電話以後抓住一個春節假，興沖沖飛馳湖南，前往工地看貨，一看竟大失所望。他說的青磚倒是青的磚，但沒有幾塊算得上方正，一經運輸途中的碰撞，不是缺邊，就是損角，成了圓乎乎的渣團。看來窯溫也不到位，很多磚一捏就出粉，就算是拿來蓋豬圈恐怕也不牢靠。而且磚色深淺駁雜，是雜交母豬生出了

一窩五花崽——莫不是要給炮兵們蓋迷彩工事？

老李看出了我的失望，慚愧自己的大意，很不好意思地說，燒製青磚的老窯都廢了，熟悉老一套的窯匠死的死了，老的老了，工藝已經失傳。他買的這窩五花崽，還是在鄰縣費盡了口舌才請窯匠特地燒出來的。

老工藝就無人傳承嗎？

他說，現在蓋房子都用機製紅磚，圖的是價格便宜，質量穩定，生產速度快。紅磚已經佔據了全部市場，憑老工藝自然賺不到飯錢。

我說，那就退貨吧。

他更急了，說退貨肯定不行，因為發貨時已經交了錢，人家吃到肚裡的錢還肯吐出來？

建房一開局就這樣砸了鍋，幾萬塊磚錢在冒牌窯匠那裡打了水漂。我只得吞下這口苦水，只得權宜變通，吩咐工匠們拿這些磚去建圍牆，或者鋪路，或者墊溝。偽劣青磚既然成了半廢物，附近有些村民也就聞風而來，偷偷搬了些去修補豬圈或者砌階基——後來我在那裡看得眼熟，只是不好說什麼。

我記得城裡有些人蓋房倒是在採用青磚，打電話去問，才知道那已經不是什麼建築用料，而是裝飾用料，撇下運輸費用不說，光是磚價本身已經讓人倒抽一口冷氣。我這才知道，懷舊是需要成本的，一旦成本高漲，傳統就成了富人的專利，比如窮人愛上了富人的紅磚之時，富人倒愛上了窮人

的青磚；窮人吃上富人的魚肉之時，富人倒是點上了野菜；窮人穿上了富人的皮鞋之時，富人倒是興沖沖盯上了布鞋……市場正在重新分配趣味與習俗，讓窮人與富人在美學上交換場地。

我曾經在一個座談會上說過：所謂人性，既包含情感也包含欲望。情感多與過去的事物相聯，欲望多與未來的事物相聯，因此情感大多是守舊，欲望大多是求新。比如一個人好色貪歡，很可能在無限春色裡見異思遷——這就是欲望。但一個人思念母親，決不會希望母親頻繁整容千變萬化。即使母親到手術台上變成個大美人，也純屬不可思議，因為那還是母親嗎？還能引起我們心中的記憶和心疼嗎？——這就是情感，或者說，是人們對情感符號的恆定要求。

這個時代變化太快，無法減速和刹車的經濟狂潮正剷除一切舊物，包括舊的禮儀，舊的風氣，舊的衣著，舊的飲食以及舊的表情。從某種意義上來說，這使我們欲望太多而情感太少，嚮往太多而記憶太少，一個個都成了失去母親的文化孤兒。

然而，人終究是人。人的情感總是要頑強復活，不知什麼時候就會有冬眠的情感種子破土生長。也許，眼下都市人的某種文化懷舊之風，不過是商家敏感到了情感的商業價值，迅速接管了情感，迅速開發著情感，推動了情感的欲望化、商品化、消費化。他們不光是製造出了昂貴的青磚，而且正在推銷昂貴的字畫、牌匾、古玩、茶樓、四合院、明式

傢俱等等，把文化母親變成高價碼下的古裝貴婦或古裝皇后，逼迫有心歸家的浪子們一一買單。

對於市場中的失敗者來說，這當然是雙重打擊：

他們不但沒有實現欲望的權利，而且失去了感情記憶的權利，只能站在價格隔離線之外，無法靠近昂貴的母親。

12 開荒第一天

手掌皮膚撕裂的那一刻，過去的一切都在裂痛中轟的一下閃回。我想起了三十多年前的墾荒，把耙頭齒和鋤頭口磨鈍了，磨短了，於是不但鐵匠們叮叮噹噹忙個不停，大家也都抓住入睡前的一時半刻，在石階上磨利各自的工具。嚓嚓嚓的磨鐵之聲在整個工區此起彼伏響徹夜天。

那是連鋼鐵都在迅速消溶的一段歲月，但皮肉比鋼鐵更經久耐用。耙頭挖傷的，鋤頭扎傷的，茅草割傷的，石片劃傷的，毒蟲咬傷的……每個人的腿上都有各種血痂，老傷疊上新傷。但衣著襤褸的青年早已習慣。朝傷口吐一口唾沫，或者抹一把泥土，就算是止血處理。我們甚至不會在意傷口，因為流血已經不能造成痛感，麻木粗糙的肌膚早就在神經反應之外。我們的心身還可一分為二：夜色中挑擔回家的時候，一邊是大腦已經呼呼入睡，一邊是身子還在自動前行，靠著腳趾碰觸路邊的青草，雙腳能自動找回青草之間的路面，如同一具無魂的遊屍。只有一不小心踩到水溝裡去的時候，一聲大叫，意識才會在水溝裡猛醒，發覺眼前的草叢

和淤泥。

有一天我早上起床，發現自己兩腿全是泥巴，不知道前一個晚上自己是怎麼入睡的，不知道蚊帳忘了放下的情況之下，蚊群怎麼就沒有把自己咬醒。還有一天，我吃著飯，突然發現面前的飯缽已經空了四個，這就是說，半斤一缽的米飯，我已經往肚子一共塞下了兩斤，可褲帶以下的那個位置還是空空，兩斤米不知填塞了哪個角落……眼下，我差不多忘記了這樣的日子，一種身體各個器官各行其是的日子。

我也差點忘記了自己對勞動的恐懼：從那以後，我不論到了哪裡，不論離開農村有多久，最大的噩夢還是聽到一聲尖銳的哨響，然後聽到走道上的腳步聲和低啞的吆喝：「一分隊！耙頭！箢箕！」

這是哈佬的聲音——他是我以前的隊長，說話總是有很多省略。

三十多年過去了，哈佬應該已經年邁，甚至已經不在人世，但他的吆喝再一次在我手心裂痛的那一刻閃回，聲音洪亮震耳。不知為什麼，我現在聽到這種聲音不再有恐懼。就像太強的光亮曾經令人目盲，但只要有一段足夠的黑暗，光明會重新讓人懷念。當知青時代的強制與絕望逐漸消解，當我身邊的幸福正在追蹤腐敗，對不起，勞動就成了一個火熱的詞，重新放射出的光芒，喚醒我沉睡的肌肉。

坦白地說：我懷念勞動。

坦白地說：我看不起不勞動的人，那些在工地上剛幹上

三分鐘就鼻斜嘴歪屎尿橫流的小白臉。

我對白領和金領不存偏見，對天才的大腦更是滿心崇拜，但一個脫離了體力勞動的人，會不會有一種被連根拔起沒著沒落的心慌？會不會在物產供養鏈條的最末端一不小心就枯萎？會不會成為生命實踐的局外人和游離者？連海德格爾也承認：「靜觀」只能產生較為可疑的知識，「操勞」才是了解事物最恰當的方式，才能進入存在之謎——這幾乎是一種勞動者的哲學。我在《暗示》一書裡還提到過「體會」、「體驗」、「體察」、「體認」等中國詞語。它們都意指認知，但無一不強調「體」的重要，無一不暗示四「體」之勞在求知過程中的核心地位——這幾乎是一套勞動者的辭彙。然而古往今來的流行理論，總是把勞力者權當失敗者和卑賤者的別號，一再翻版著勞心者們的自誇。

一位科學院院士肥頭大耳，帶著兩個博士生，在投影機前曾以一張光盤為例，說光盤本身的成本不足一元，錄上信息以後就可能是一百元。女士們先生們，這就是一般勞動和知識勞動的價值區別，就是知識經濟的意義呵。

我聽出了他的言下之意：他的身價應比一個臭勞工昂貴上百倍乃至千萬倍。

可在一斤糧食裡，如何計算他說的知識？

在一尺棉布裡，如何計算他說的知識？

把書寫工具（光盤、紙、竹簡等）等同一切物質財富，這個概念偷換也太過分了。他為什麼不說說，書寫工具也可

能記錄錯誤的知識？也可能記錄不太錯誤但過於重複和平庸的知識？

問題不在於知識是否重要，而在於 1:99 的比價之說是出於何種心機。我差一點要衝著掌聲質問：女士們先生們，你們準備吃光盤和穿光盤嗎？你們把院士先生這個愚蠢的舉例寫進光盤，光盤就一定增值麼？

我當時沒有提問，是被熱烈的掌聲驚呆了：我沒想到鼓掌者都是自以為能賺來 99% 的時代中堅。

一個科學幻想作品曾經預言：將來的人類都形如章魚，一個過分發達的大腦以外，無用的肢體將退化成一些細弱的游鬚，只要能按按鍵盤就行。我暫不懷疑鍵盤能否直接生產出糧食和衣服，也暫不懷疑一個鍵盤在七十二行的實踐之外能輸寫出多麼高深的學問，但章魚的形象至少讓我鄙薄。一台形似章魚的多管吸血機器更讓我厭惡。這種念頭使我立即買來了鋤頭和耙頭，買來了草帽和膠鞋，選定了一塊寂靜荒坡，向想像中的滿地莊稼走過去。陽光如此溫暖，土地如此潔淨，一口潮濕清冽的空氣足以洗淨我體內的每一顆細胞。從這一天起，我要勞動在從地圖上看不見的這一個山谷裡，要直接生產土豆、玉米、向日葵、冬瓜、南瓜、蘿蔔、白菜……我們要恢復手足的強壯和靈巧，恢復手心中的繭皮和面頰上的鹽粉，恢復自己大口喘氣渾身酸痛以及在陽光下目光迷離的能力。我們要親手創造出植物、動物以及微生物，在生命之鏈最原初的地方接管我們的生活，收回自己這一輩子

該出力時就出力的權利。

這決不意味著我蔑視智能，恰恰相反——這正是我充分運用智能後的開心一刻。

14 村口瘋樹

沿溪水而上，走到前面一個大嶺，溪水便分成兩道，分別來自兩個峽谷：左邊是梅峒，右邊是貓公沖。「沖」或者「峒」都是山谷的意思。

梅峒的峒口有一高坡，坡上有個空心大樹苑，大如禾桶，桶中積有塵土。有兩個小孩子在這裡翻進翻出地玩耍，樹前還插有五六根香尾子。

看到這些不知何人留下的殘香，便可知這棵樹有些來歷。同行的莫求告訴我，原來這裡有兩棵楓樹，他家祖爹看見它們的時候，它們就已經樹高接天，所以誰也不知道它們到底長了多少年。從外形上看，老樹大限在即，樹冠平頂，有些樹杈乾枯，主幹均已開始空心，有的地方只剩下兩三寸厚的一圈樹皮，一敲起來有咚咚鼓響。聽老人們說過，以前每逢村子裡誰家有喪事，這兩棵樹就枝葉搖動，搖出水滴，有如下雨，村民們謂之「樹哭」。有人懷疑這兩棵樹已經成精為怪，要動手把它砍伐。但他們拿著斧鋸一旦逼近，老樹就突然訇訇雷吼，震得枯葉飄落地面發抖，嚇得人們不敢動手。後來人們把這種發作叫做「樹吼」。

為了這兩棵樹，蕉沖與梅峒的人在好些年前打過架。蕉

沖的人說，樹在他們的地界內，要剁就剁，要砍就砍，是他們的權利。他們這次要把樹砍去給廟裡燒炭。梅峒的人則說，大樹是他們的關口，蕉沖的人要破關，壞了風水，豈能答應！

雙方開始是對罵，接著是行武，最後是打官司。蕉沖的人來搶牛，梅峒的人就用矛子戳，戳倒了其中的一個，血淋淋的腸子滑出肚子好幾尺，在田邊拖成了一長線。後來官司算是打平了：梅峒的人賠醫藥費和賠辦賠禮酒，但楓樹還是歸梅峒所有。

雙方在樹旁立碑為約。

事情過了幾十年，有一次雷擊起火，兩棵樹完全枯死了。蕉沖有個叫滿四爹的人，是個殺豬的，要來買楓樹做柴燒。梅峒的人不賣，說古木都會有些神，何況這兩棵樹一直不清淨。你要剁，是你的事。反正我們不能賣，不說這個「賣」字。滿四爹已經一把屠刀殺生無數，說他這一輩子只怕跌跤，只怕蛇咬，就是不怕鬼叫。他倒想捉個鬼來玩玩。他說完就去把其中的一棵鋸倒了，鋸散了，一擔一擔往家裡擔散柴。但當天晚上他就發高燒，昏話連篇，說樹洞裡飛出一條蛇，正在纏他的頸根。他家裡的人殺了一頭豬，做了三十六碗肉去敬樹祈神，結果還是於事無補：滿四爹第二天就死在醫院裡。

幾年之後，貓公沖有一個復員軍人回鄉。因為在外面受過新式教育，他回家後可以講一口普通話，可以吹口琴，還

只相信科學，雄赳赳地不怕鬼。他懶得去山上砍柴，想就近剁點枝葉，也打起了老樹的主意。人們說這傢伙普通話講得再好也沒用，陽氣還是不足，不過是砍了一點枯枝，回到家就瘋了：老說自己的褲帶是蛇，把一條條褲帶全都摔到門外。結果褲子垮下來，露出了他的半邊屁股。鄰居們來看他的時候，他還撅著半邊光屁股往床下鑽，躲到那裡驚恐萬狀。

人們這才知道，楓樹者，瘋樹也，是會讓人發瘋的呵。

關於瘋樹的故事從此更多了。很多人說，他們夜裡路過瘋樹的時候，發現樹已經睡倒了，一道大堤似的堵住路面，沒人能翻爬得過去。但第二天再去看，老樹還是立在那裡，並沒有倒下來。大家回家查查自己換下的衣，那裡也沒有泥水或者青苔，並無翻爬的痕跡。

這當然是一件怪事。關於老樹晝立夜伏的消息從此傳得很遠。

鄉政府對這種越傳越盛的迷信十分不滿，覺得政策受到了奇談怪論的干擾，政府威望受到嚴重冒犯，決定由民兵營長慶長子帶隊，集中十幾個青壯年民兵，將老樹徹底鋸倒，對反動事物來個徹底打擊。人們說，那次殺樹真是驚心動魄。大樹一開始呼呼生風，接著變成訇訇狂吼，但扛不住民兵們開了誓師會，喝了誓師酒，借著酒力大斧大鋸一齊向前。老樹邪不壓正，一場惡鬥之後，終於騰出了一大片天空。但這傢伙倒下之前四處冒煙，樹體內發出吱吱嘎嘎巨

響，放鞭炮一般，足足炸了個把時辰，把眾人都驚呆了。到最後，樹梢尖子嘩啦一顫，龐然樹幹一顫，一扭，一旋，一跳，人們還沒看清是怎麼回事，嘩啦啦的一陣黑風就朝慶長子這邊撲將過來。

民兵們已經請教過老班子，知道凡老樹倒下之前都會狂蹦亂跳，因此他們早有準備，遠遠地躲開。但沒料到這瘋子竟然蹦出幾尺高，旋出幾丈遠，奔襲路線完全不講規矩也無法預測，活生生把一位民兵的右腳砸癟了，砸成了肉泥。

領頭的慶長子倒是沒事。他事後誇耀，他那天略施小計，穿了個半邊衣，有一隻空袖子吊來甩去，看上去像是有三隻手。樹神就算是記恨他，但往後到哪裡去找有三隻手的人？

為了讓樹神放過他，從那以後，他每次出門還把蓑衣倒著穿，或者把帽子反著戴，讓宿敵無法認識。得罪了老楓樹的後生們也都學他，後來經常把蓑衣和草帽不按規矩穿戴，甚至把兩隻鞋子也故意穿反，把兩隻襪子故意套在手上，把婦女的花頭巾故意纏在頭上，給這個山村帶來一些特殊景象。

15 月夜

月亮是別在鄉村的一枚徽章。

城裡人能夠看到什麼月亮？即使偶爾看到遠遠天空上一丸灰白，但暗淡於無數路燈之中，磨損於各種噪音之中，稍

縱即逝在叢林般的水泥高樓之間，不過像死魚眼睛一隻，丟棄在五光十色的垃圾裡。

由此可知，城裡人不得不使用公曆，即記錄太陽之曆；鄉下人不得不使用陰曆，即記錄月亮之曆。哪怕是最新潮的農村青年，騎上了摩托用上了手機，脫口而出還是冬月初一臘月十五之類的記時之法，同他們抓泥捧土的父輩差不多。原因不在於別的什麼——他們即使全部生活都現代化了，只要他們還身在鄉村，月光就還是他們生活的重要一部分。禾苗上飄搖的月光，溪流上跳動的月光，樹林剪影裡隨著你前行而同步輕移的月光，還有月光牽動著的蟲鳴和蛙鳴，無時不在他們心頭烙下時間感覺。

相比之下，城裡人是沒有月光的人，因此幾乎沒有真正的夜晚，已經把夜晚做成了黑暗的白天，只有無眠白天與有眠白天的交替，工作白天和睡覺白天的交替。我就是在三十多年的漫長白天之後來到了一個真正的夜晚，看月亮從樹蔭裡篩下的滿地光斑，明滅閃爍，聚散相續；聽月光在樹林裡叮叮噹噹地飄落，在草坡上和湖面上嘩啦嘩啦地擁擠。我熬過了漫長而嚴重的缺月症，因此把家裡的涼台設計得特別大，像一隻巨大的托盤，把一片片月光貪婪地收攬和積蓄，然後供我有一下沒一下地撲打著蒲扇，躺在竹床上隨著光浪浮游。就像我有一本書裡說過的，我伸出雙手，看見每一道靜脈裡月光的流動。

盛夏之夜，只要太陽一落山，山裡的暑氣就消退，遼闊

水面上和茂密山林裡送來的一陣陣陰涼，有時能逼得人們添衣加襪，甚至要把毯子裹在身上取暖。童年裡的北斗星在這時候出現了，媽媽或奶奶講述的牛郎織女也在這時候出現了，銀河系星繁如雲星密如霧，無限深廣的宇宙和無窮天體的奧秘嘩啦啦垮塌下來，把我黑咕隆咚地一口完全吞下。我是躺在涼台上嗎？也許我是一個無依無靠的太空人在失重地翻騰？也許我是一個無知無識的嬰兒在荒漠裡孤單地迷路？也許我是站在永恆之界和絕對之境的入口，正在接受上帝的召見和盤問？……

　　我突然明白了，所謂城市，無非是逃避上帝的地方，是沒有上帝召見和盤問的地方。

　　山谷裡一聲長嘯，大概是一隻鳥被月光驚飛了。

17 太陽神

　　以前我只知道向日葵，現在才知道幾乎所有的樹都是向日樹，所有的草都是向日草，所有的花都是向日花。

　　我家種的美人蕉和鐵樹，長著長著都向一旁傾斜而去，原因不是別的，是頭上蓋有其他樹冠，如果它們不扭頭折腰另謀出路，就會失去日照。我家林子裡的很多梓樹瘦弱細長，儼然有「骨感美」，其原因不是別的，是周圍的樹太擁擠，如果它們不拼命地拉長自己，最上端的樹梢就抓不到陽光。

　　我現在明白了，萬物生長靠太陽——農業其實是最原始

和最龐大的太陽能產業，一直在承接和轉換著金色能量，包括造福人類這樣的終端客戶。

那麼，所謂太陽神不過是這一傳統產業的形象徽標，表現出生物圈裡每一天的日常真實，不是什麼古人的虛構。

在一場爭奪陽光的持久競爭中，失敗的草木一旦蒙受蔭蔽，就會大失生命的活力，無精打采，有氣無力，很可能成為日後一棵高齡的侏儒，乃至淪入枯萎或者腐爛。這使我想起了瑞典、挪威、冰島以及其他一些北歐國家，地處北極圈附近，一旦進入夜長晝短的陰沉冬季，上午快十點才天亮，下午三點多就天黑，人們臉上大多愁眉不展暗雲浮現。政府巨大的福利開支之一，就是給所有國民發放藥丸以防治抑鬱症，一直發放到春夏的到來。女孩們扮成光明之神露西亞，也會在夜晚最長的那一天，舉著可愛的燭火，到處巡遊和慰問，鼓舞人們抵抗漫長冬夜的勇氣——這些情況放到一個陽光富足的熱帶國家，也許會讓人難以理解。

我的一部分瓜菜看來是患上北歐抑鬱症了，需要治病的什麼藥丸了，或者需要到加勒比海或印度洋去度假了。隨著近旁的梓林和竹林越來越擴張，蔭蔽所至之處，它們只能變得稀稀拉拉，要死不活。

陽光的價格在這個情況下就產生的。它是我家瓜菜的價格，或者是北歐富人們到加勒比海或者印度洋去曬太陽的飛機票價格。

世界上任何一樣東西原來都很昂貴，哪怕像陽光這種取

之不盡和世人皆有的東西。反過來說，所謂昂貴，通常是人為的結果，是一些特定情境中的短暫現象，甚至只是一種價值迷陣裡的心理幻影。想想看，一旦石油枯竭，汽車就只能是一堆廢鐵。一旦幣制崩潰，金鈔就只能是一堆廢紙。貴妃陷入病重之時，一定會羨慕活潑健康的村婦。財閥遇上牢獄之災，一定會嫉妒自由無拘的乞丐……在事局的千變萬化中，任何昂貴之物忽然間都可能一錢不值，而任何低賤之物忽然間都可能價值連城。

所以古人有太陽神。

所以古人有海神和山神。

所以古人有火神、風神以及樹神……

古人對貴賤的終極性理解，通常在人類歷史中沉睡，在我們的忙忙碌碌中被遺忘，比如在沉甸甸的斜陽落滿秋山的時候，也是我買到食鹽後一步步回家的時候。

18 蠢樹

佛教悲懷一切有眼睛的生命，心疼世間一切「有情」——這是指所有動物，也包括人。這樣一來，只有植物降了等級，冷落在悲懷的光照之外，於是牛羊大嚼青草從來不被看做屠殺，工匠砍削竹木從來不被看做酷刑。

佛祖如果多一點現代科學知識，其實可知草木雖無心肝和手足，卻也有神經活動和精神反應，甚至還有心理記憶和面部表情——至少比網絡上的電子虛擬寵物要「有情」得

多。

我家的葡萄就是小姐身子丫環命，脾氣大得很，心眼小得很。有一天，一枝葡萄突然葉子全部脫落，只剩下光光的枝杆，在葡萄群體中一枝獨裸和一枝獨瘋。我想了好一會兒，才記起來前一天給它修剪過三四片葉子，意在清除一些帶蟲眼的破葉，讓它更為靚麗。肯定是我那一剪子惹惱了它，讓它怒從心頭起，惡向膽邊生，來了個英勇地以死抗爭。你小子剪什麼剪？老娘躲不起，但死得起，不活了！

其他各株葡萄也是不好惹的傢伙，不容我隨意造次。又一次，我見另一株葡萄被風雨吹得歪歪斜斜，好心讓它轉了個身子，攀上新搭的棚架。我的手腳已經輕得不能再輕，態度已經和善得不能再和善，但還是再次逼出了驚天動地的自殺案，又是一次綠葉呼啦啦盡落，剩下光杆一根，就像被大火燒過了一般。直到兩個多月後，自殺者出足了氣，耍足了性子，枯杆上才綻出一芽新綠，算是氣色緩和，心回意轉。

當然，也許葡萄脫葉不是因為脾氣太大，恰恰是因為膽子太小。它們剛從遙遠的地方移植山峒，人生地不熟，舉目無親，無依無靠，怯生生地活得提心吊膽，一遇風吹草動還不嚇得死去活來？

這也是可能的。

相比之下，梓樹就沉穩和淳厚得多。工匠們建房施工時，把一棵礙事的小梓樹剁了，又在樹根旁挖灶熬漿料，算是刀刑火刑無不用其極，足足讓小樹死了十幾遍。不料工匠

離開半年之後，這樹苑無怨無悔，從焦土裡抽枝發葉，頑強地活了過來，很快撐起了一片綠蔭。看來，中國古人將木匠名為「梓匠」，將故鄉名為「桑梓」，將印刷名為「付梓」，對這種梓樹念念在懷，賦予它某種國粹身份和先驅地位，與它的不屈不撓和任勞任怨可能不無關係。

我只是覺得這種樹稍稍有點蠢，有點弱智，比如初秋之際，寒暖不定，它們似乎是被氣候信號搞糊塗了，不知眼下是什麼季節，便又落葉又發芽的，如同連哭帶笑，又加棉襖又搖扇，有點丟人現眼。

我家的梓園原來也是蠢園呵。我忍不住嘀咕。

19 再說草木

草木的心性其實各個不一：牽牛花對光亮最敏感，每天早上速開速謝，只在朝霞過牆的那一刻爆出寶石藍的禮花，相當於植物的雞鳴，或者是色彩的早操。桂花最守團隊紀律，金黃或銀白的花粒，說有，就全樹都有，說無，就全樹都無，變化只在瞬間，似有共同行動的準確時機和及時聯繫的區域網絡，誰都不得擅自進退。

比較而言，只有月季花最嬌生慣養。它們享受了最肥沃的土壤，最敞亮的受陽區位，最頻繁殷勤的噴藥殺蟲，還是愛長不長，倦容滿面，玩世不恭，好吃懶做。硬要長的話，突然躥出一根長枝，掛上一兩朵孤零零的花，就把你給打發掉。

陽轉藤自然是最缺德的了。一棵喬木或一棵灌木的突然枯死，往往就是這種草藤圍剿的惡果。它的葉子略近薯葉，看似忠厚。這就是它的虛偽。它對其他植物先攀附，後寄生，繼之以絞殺，具有勢利小人的全套手段。它放出的遊走長藤是一條條不動聲色的青色飛蛇，探頭探腦，伺機而動，對遼闊田野充滿著統治稱霸的勃勃野心。幸好它終不成大器，否則它完全可能猛撲過來，把行人當做大號的肥美獵物。

我的柴刀每年都得數次與這種長蛇陣過招，以保護我的電話線不被它劫持和壓垮。

當一棵樹開花的時候，誰說它就不是在微笑——甚至在陽光顫動的一刻笑如成熟女郎，笑得性感而色情？當一片紅葉飄落在地的時候，誰說那不是一口哀怨的咯血？當瓜葉轉為枯黃甚至枯黑的時候，難道你沒有聽到它們咳嗽或呻吟？有一些黃色的或紫色的小野花突然在院牆裡滿地開放，如同一些吵吵鬧鬧的來客，在目中無人地喧賓奪主。它們在隨後的一兩年裡突然不見蹤影，不知去了哪裡，留下滿園的靜寂無聲。我只能把這事看做是客人的憤然而去和斷然絕交——但不知我在什麼事上得罪了它們。

再說我們同時栽下的一些橘樹吧。手心手背都是肉，我對它們同樣地挖坑同樣地修剪同樣地追肥，但靠路邊的三棵長得很快，眼看就要開花掛果。另有一株，身架子還沒長滿，也跟著早婚早育，眼看就要銜珠抱玉。但其他幾株無精

打采，長來長去還是侏儒，還是呆頭呆腦，甚至葉子一片片在蜷縮。有一位農婦曾對我說：你要對它們多講講話麼。你尤其不能分親疏厚薄，要一碗水端平麼——你對它們沒好臉色，它們就活得更沒有勁頭了。

這位農婦還警告，對瓜果的花蕾切不可指指點點，否則它們就會爛心（妻子從此常常對我大聲喝斥，防止我在巡視家園時犯禁，對瓜果的動作過於粗魯無禮）。發現植物受孕了也不能明說，只能遠遠地低聲告人，否則它們就會氣死（妻子從此就要我嚴守菜園隱私，哪怕回到餐桌前和書房裡也只能交換暗語，把「授粉」、「掛果」一類農事說得鬼鬼祟祟）。

我對這些建議半信半疑：幾棵草木也有這等心思和如此耳目？

後來才知道，山裡的草木似乎都有超強的偵測能力。據說油菜結籽的時候，主人切不可輕言讚美豬油和茶油，否則油菜就會氣得空殼率大增。楠竹冒筍的時候，主人也切不可輕言破篾編席一類竹藝，否則竹筍一害怕，就會呆死過去，即使已經冒出泥土，也會黑心爛根。

關鍵時刻，大家都得管住自己的臭嘴。

21 CULTURE

什麼時候下的種，什麼時候發的芽，什麼時候開的花……往事歷歷在目。蟲子差點吃掉了新芽，曾讓你著急。一

場大雨及時解除了旱情，曾讓你欣喜。轉眼間，幾個瓜突然膨脹好幾圈，胖娃娃一般藏在綠葉深處，不知天高地厚地大亂家規，大哭大笑又大喊大叫，必定讓你驚詫莫名。

有時候，瓜藤長袖飛揚，羽化登仙，一眨眼就沿著一根電線桿攀向高高藍天，在太陽或月亮那裡開花結果，讓你搬來椅子再加上梯子，仍然望天興嘆。你看見一條彎彎的絲瓜掛在電線上，像電信局懸下來一個野外的話筒，好像剛才有什麼人在這裡通話。這麼多電話筒從瓜藤上懸下來，從土地裡拋撒出來，是不是一心想告知我們遠古的秘密，卻從來無人接聽？

你想像根繫在黑暗的土地下啜啜啜地伸長，真正側耳去聽，它們就屏住呼吸一聲不響了。你想像枝葉在悄悄地伸腰踢腿擠眉弄眼，猛回頭看，它們便各就各位一本正經若無其事了。你從不敢手指瓜果，怕它們真像鄰居農婦說的那樣一指就謝，怕它們害羞和膽怯。總之，它們是有表情的，有語言的，是你生活的一部分，最後來到餐桌上，進入你的口腔，成為你身體的一部分。這幾乎不是吃飯，而是遊子歸家，是你與你自己久別後的團聚，也是你與土地一次交流的結束。

你會突然想起以前在都市菜市場裡買來的那些瓜菜，乾淨、整齊、呆板而且陌生，就像兌換它們的鈔票一樣陌生。它們也是瓜菜，但它們對於享用者來說是一些沒有過程的結果，就像沒有愛情的婚姻，沒有學習的畢業，於是能塞飽你

的肚子卻不能進入你的大腦，無法填注你心中的空空蕩蕩。

難怪都市裡的很多孩子都不識瓜菜了，雞蛋似乎是冰箱生出來的，白菜似乎是超級市場裡長出來的。看見松樹他們就說是「聖誕樹」。看見鴨子他們就說是「唐老鴨」。在一個工業化和商品化的時代，人們正越來越遠離土地。這真是讓人遺憾。

什麼是生命呢？什麼是人呢？人不能吃鋼鐵和水泥，更不能吃鈔票，而只能通過植物和動物構成的食品，只能通過土地上的種植與養殖，與大自然進行能量的交流和置換。這就是最基本的生存，就是農業的意義，是人們在任何時候都只能以土地為母的原因。英文中 culture 指文化與文明，也指種植和養殖，顯示出農業在往日的至尊身份和核心地位。那時候的人其實比我們洞明。

總有一天，在工業化和商品化的大潮激蕩之處，人們終究會猛醒過來，終究會明白綠遍天涯的大地仍是我們的生命之源，比任何東西都重要得多。

那才是人類 culture 又一次偉大的復活。

（全書約 23 萬字，2006 年 10 月由作家出版社出版。）

熊育群小傳

　　熊育群，1962 年端午節出生于湖南汨羅，1983 年同濟大學建築工程系工民建專業畢業，曾任湖南省建築設計院工程師、湖南省新聞圖片社副社長、羊城晚報社高級編輯、文藝部副主任，一級作家，現任廣東文學院院長、廣東省作家協會散文創作委員會主任。1985 年開始發表詩歌，曾獲第二屆冰心散文獎、首屆郭沫若散文隨筆獎編輯獎、《中國作家》郭沫若散文獎、第十三屆冰心文學獎、全國報紙副刊年賽一等獎、廣東省第八屆魯迅文藝獎等，散文連續五年入選中國年度散文排行榜。出版有詩集《三隻眼睛》，散文集及長篇作品《春天的十二條河流》、《西藏的感動》、《走不完的西藏》、《靈地西藏》、《羅馬的時光遊戲》、《路上的祖先》、《雪域神靈》、《奢華的鄉土》，攝影散文集《探險西藏》，文藝對話錄《把你點燃》等十六部作品。

評委會評語

　　依託堅實的大地，步向歷史的縱深。開闊的文化視野、深厚的民族情感和詩意的藝術筆墨，展現中國各民族生存狀態的當下與過程，從中傳達出深刻的歷史記憶和現實的人文關懷。路上祖先的足印和現代文明的印記，都深烙在我們的心上。

路上的祖先
熊育群

　　在嶺南與西部邊地，無數的山脈與河流，它們是那樣高聳、密集，只有靠近海洋的地方才出現了大的平原，山谷中的河流向天空敞開了胸膛，在大地上交錯在一起。多少年來，我在這片巨大的土地上行走，蔥蘢與清澈中，心如鄉村之夜一般靜謐。嶺南的三大民系，客家人、潮汕人和廣府人，在與他們長期生活中，總要談到中原的話題。那是有關遙遠歷史的話題。而在西南的大山深處，眾多民族的聚集地，在我的出發與歸來之間，偶爾遇到的一個村莊會提及中原，這些至今仍與外界隔絕的村莊，有的說不清自己是漢人還是邊地的少數民族。但在雲南的怒江、瀾滄江下游，說著生硬普通話的山民提起的卻是蒙古高原。

　　一次次，中國地圖在我的膝蓋上或是書桌上打開，我尋覓他們祖先當年出發的地方，感覺腳下土地在歲月深處的荒涼氣息，感受兩千年以來向著這個地方不停邁動的腳步，他們那些血肉之軀上的腳板，踩踏到這些邊遠的土地時，發出的顫抖與猶疑，想像歲月中一股生命之流像浮雲一樣在雞形

版圖上，從中原漫漫飄散，向著邊緣、向著荒涼，生命的氤氳之氣正漫延過來——一幅流徙的生存圖是如此迫近，令眼前的線條與色塊蠢動！

中國地圖，北方草原生活著遊牧民族，他們是馬背之上的民族，從事農耕的漢人不願選擇北移。東面是浩瀚海洋，發源黃土地的漢民族從沒有與海洋打交道的經驗。於是，古老中國的人口流向就像一道道經脈，從陝西、河南、山西等中原地帶向著南方、西北、西南流佈。一次次大移民拉開了生命遷徙的帷幕，它與歷史的大動盪相互對應——東晉的五胡亂華，唐朝的安史之亂、黃巢起義，北宋的「靖康之亂」，就像心臟的劇烈搏動與血液的噴射一樣，災難，讓血脈噴射到了邊緣地帶。廣袤的荒涼邊地開始染上層層人間煙火。遷徙，成了歷史的另一種書寫，它寫出了什麼才是真正的歷史大災難——不是宮廷的政變，不是皇宮的恩怨情仇，而是動亂！大災難首先是黎民百姓的災難。

嶺南是南蠻之南。兩千年的歲月，遷徙者總是一批批上路，向著荒山野嶺走來，成群成族的遷徙，前仆後繼，他們身後，大災難的陰影，如同寒流。

與嶺南大規模的氏族遷徙不同，西南，更多的是個體的遷徙。似乎是脫離大歷史的個人悲劇的終結地。嶺南的遷徙可以尋找到最初的歷史緣由，可以追尋到時間與腳步的蹤跡。而西部的個人遷徙卻像傳說，一個有關生命的神秘傳奇，緣由被遮蔽得如同歲月一樣難以回溯。我在面對大西南

山地時，總是想到，大西南的存在，也許，它使獲罪者有了
一種生存的可能，當權者可以靠抹去他從前的生活而保全他
的性命，可以把威脅者流放而不是處死。受迫害者有了一個
藏匿的地方。害人者有一個自我處置悔過自新的機會。文化
人有一個思想可以自由呼吸的空間，不被儒家的文化窒息。
多少文人吟嘆與嚮往過的歸隱，在這片崇山峻嶺隨處可見。
這裡提供了另一種生活的可能。這是歷史苦難在大地邊緣發
出的小小痙攣。從此，生活與這蒼山野嶺一樣變得單純、樸
實、敦厚。

我深深關注這種神秘的個人遷徙，這種不為人知的歷史
秘密，就像與歲月的邂逅，它是我在西部山水之中行走所遭
遇到的，它激起了我對於人生災難的感懷，對於生命別樣圖
景的想像。

隱蔽峽谷

聽說過遙遠而神秘的夜郎國，它與外界的隔絕，僅憑
「夜郎自大」這個至今流行的詞語就可以相見。貴州石阡
縣，就曾經是古夜郎國的土地，土著是仡佬人，他們的先民
最早被稱作濮人。在仡佬人生活的群山中走，山峰橫陳豎
插，蜂擁、澎湃、衝撞，只見滿眼的綠在一面面山坡上鮮亮
得晃眼。巨大的群山中，木樓的村莊藏在深谷，只有像烽火
台的炊煙偶爾升空，才洩露村莊的蹤跡。

正是這片土地，這一天，一個名叫周伯泉的人，走到了

石阡，走到了一條叫廖賢河的峽谷。沿著河流爬到山腰上，峽谷裡從沒有升起過炊煙，山下清澈的河水，只偶爾飄過落葉，一大堆奇形怪狀的雲朵浮滿了那些深潭，峽谷被喧嘩聲裝滿，像裝著他的寂寞，無邊，無助。

一座龜形山突然出現，向它踩出一條路時，鳥獸們驚嚇得紛紛逃往密林深處。

抬頭，峽谷對面一堵刀削般的岩壁，裸露著，不掛一枝一木。一幅讓人驚嘆又絕望的風景，但這個漢人周伯泉卻喜歡了。長時間暴走的雙腳停了下來。

他停下來的地方奇蹟般向峽谷伸展開來，像一個巨型舞台伸出，一塊坪地出現了。這坪地，在森林之下、河流之上，隱沒於峽谷之中。這就是他的村莊，也是他人生尋覓的最後棲息地。

這是 1494 年，明朝弘治六年。這一年沒有什麼特別值得一提的大事。但歷史對於個體，譬如這個遷徙的漢人，這一年卻是石破天驚的一年，僅僅這一年在他一個人腳下所進行的艱苦卓絕的長途跋涉，就是我這樣坐著小車長途奔波的人所不能想像的。但這只是他自己的歷史，他走到了任誰怎樣呼喊也不會喊醒歷史的黑暗地帶。深深的遺忘就像誤入了另一個星球。這一年周伯泉為發生在自己身上的事件給了一個很抽象的命名——「避難圖存」。至於「難」是什麼，他深埋在自己的心裡。這只是一個人的災難，這災難讓他從南昌豐城出發，穿過三湘四水的湖南，其中崇山峻嶺的湘西也

沒有讓他停下腳步，他像勁風吹起的一片樹葉，一路飄搖，人世間的煙火幾近絕滅。

他悄悄停伏下來，在言語不通的仡佬人的土地收起了那雙走得腫痛甚至血肉模糊的腳板。在那些孤獨的夜晚，一個人撫摸著腳背，看著自己熟悉的生活變作了遙遠的往事。那巨大的災難於是在群山外匿去了它深重的背影。他像一個原始人一樣，帶著自己的家人，在這個無人峽谷裡開荒拓地，伐木築屋。廖賢河峽谷第一次有了人發出的響聲。

我沿著周伯泉當年走進峽谷的方向走到了廖賢河，山腰上已經有了一條路，汽車在泥土路上向山坡下開，大峽谷就在一塊玉米地下送來河流的聲音。拐過一道道彎，古寨突然出現在眼前。地坪上一座殘破的戲樓，戲樓下卻站滿了人，衣服也大都是破爛的。一張張被陽光曝晒的臉，黧黑、開朗，綻開了陽光一樣的笑。他們是周伯泉的後人，已傳到了十九代。正是他們，生命有了傳承，才使歷史某一刻一個微不足道的小事件留存了下來。

村口栽滿了古柏，參天的樹，蓊鬱蒼翠。樹冠上棲滿了白鷺。白鷺在樹的綠色與天的藍色之間起起落落，並不聒噪。坐落在山坡上的寨子，觸目的石頭鋪滿了曲折的街巷與欹斜的階梯，黃褐一片，參差一片。木條、木板穿織交錯，豎立起粗獷的木屋。

通向寨內的鵝卵石鋪砌的小徑，太極、八卦和白鶴圖案用白色石子拼出，極其醒目。它是中原漢人的世界觀與吉祥

觀念的刻意鋪陳。而村口樹木搭建的宮殿、觀音閣、戲樓、寺廟、宗祠、龍門，保存的羅漢、飛簷翹角、古匾、楹聯，則是周伯泉教育後代傳承文化的結果，儒家文化於荒嶺僻地的張揚，在仡佬人的世界裡顯得特別的孤獨，它們自顧自地展現、延伸、生長，文化之孤立，更放任了它釋放的能量。村莊的面貌就是周伯泉腦海裡意志、記憶、想像的客觀對應物，一代又一代人沿著同一個夢想持續努力，逼近夢想。

　　一種孤獨的力量，一種夢境般的世外桃源景象。周伯泉遠離了故土，卻決不離棄自己的文化，像呼吸，他吐納的氣息就是儒家文化的頑強生殖力。漢人飄洋過海了，也要在異邦造出一條中國式的唐人街，這是文化的生殖力量！

　　周伯泉不會是一介布衣，他飽讀詩書，那些四書五經在他的童年就熟讀了。古寨造型精緻的雕花木門窗，圖案為花鳥、走獸、魚蟲，雕刻刀法嫻熟，線條流暢，富含寓意，它表達了主人求福安居的心態，儘管這是他後人雕的，但思想的源頭在他那裡。

　　古寨遵從著勤、儉、忍、讓、孝、禮、義、耕、讀的家訓，家家善書寫，民風古樸，禮儀有加。而家門口粗獷猙獰的儺面具，是對荒曠峽谷神鬼世界的恐懼聯想，是苗族、仡佬族對他們啟示的結果。

　　只有一戶人家改變了寨子木樓建築的格局，他們用磚和石頭砌了樓房。樓下窗口掛著幾串紅艷艷的辣椒，兩位老人在門口打量著來人。他們坐的矮凳用稻草繩編織。水泥地坪

上，兩隻雞正在追逐，瘋跑。老人站起來招呼人進去坐。一位中年婦女聞聲從豬欄裡出來，朝人笑了笑，她正在餵一頭野豬。一個多月前，她的男人從山上捉了牠，不忍心殺掉就圈養了起來。野豬哼哼的聲音比家豬兇狠得多。

山坡下一眼山泉，泉邊建有一個涼亭，這是山寨人接水喝的地方。當年周伯泉也許是在捧喝了這眼山泉時收住了心，要把自己的生命之根紮於此地。在炎熱的夏天，捧一捧山泉水，一股涼意沁入肺腑，甘洌、清香。

離泉邊不遠是一座連體墳墓，葬著一對夫妻，他們有一個淒美的愛情故事在山寨留傳。而在離這不遠的一處峭壁上，周伯泉鎮日面對著空蕩蕩的大峽谷，聽風吹松葉聲、流水聲，虛無的空想早如這空氣一樣散去，只有堅硬的墓碑從那個遠逝的時空站到了今天。

吃午飯的時候，來了寨子裡的幾個姑娘，她們來敬酒，圍著桌子對著客人唱歌，雙手舉杯，直視著來客，眼裡隱隱柔情閃爍。她們的敬酒歌不同於仡佬人，是改造後的古典詩歌。古代詩歌由口頭傳誦的模樣讓人唏噓，那意境、情思比泉水還純，令人回味。歌聲在古柏間繚繞時，竟湧起了一陣陣薄霧。

喝過周伯泉當年喝過的水，聽過了他後人的歌唱，再在他的墓地前良久駐足，眼前的大峽谷，就像他當年的災難被歲月隔斷了，讓我向前一步也決無可能，他的後人沒有一個知道那「難」是什麼「難」，我只能對著一座空蕩蕩的峽谷

凝思潛想……

神秘墓碑

這是一個夏天，是哀牢山、無量山的夏季。那些蒙古高原沿橫斷山脈高山峽谷向南遷徙的羌氏後裔，歷經千年的遷徙，不知哪個年月，來到了這裡。這是有別於漢人中原大遷徙的另一路遷徙，蒙古高原是這些散落成南方各個弱小民族的出發地。

汽車在群山中翻越，我的腦海在以鎮沅的偏遠來想像哀牢山、無量山，也在以哀牢山、無量山的荒曠雄奇來想像鎮沅的偏僻。原始部落苦聰人祖祖輩輩就居住於此。簡陋的木杈閃片房或竹笆茅草房由樹木與茅草竹片搭建，立在陡峭的山腰上，像一個個鳥巢，多少世紀，它們向著狹窄的天空伸展，偶爾有人從茅屋下抬起鷹一樣的眼睛，看到的永遠只有面前的黑色山峰。他們不知道山之外世界的模樣。祖先來到了這片深山老林，深山就像魔王一樣鎖住了後人飛翔的翅膀。生活，幾千年都像大山一樣靜默、恆常。

又是一條大峽谷，汽車群山中瘋轉，白天到夜晚，没有止盡。峽谷山脈之上，一個叫九甲的地方，山低雲亦低。海拔三千多米的大雪鍋山，雲中青一片綠一片，深不見底的峽谷在腳底被一塊石頭遮擋，又被一條牛遮擋。移動一步有一個不同的景緻。

在九甲的第二天，隨著趕集的苦聰人走進大峽谷中的一

條山徑，濃密的樹林中只聽得到人說話的聲音、腳踩踏泥土的聲音，卻看不到近在眼前的人。站在石頭上，放眼峽谷，那空曠的幽藍與天空相接。遠處的寨子卻清晰可見。那裡有木瓦做的樓房。一位背背簍的老人說，那裡是寨子山、領幹、凹子幾處山寨，住了一百二十多戶熊姓人家。很久以前，他們的祖先一個人從江西遷來。

又是一個漢人來到一個原始而遙遠的世界，在今天，乘飛機、坐汽車，也得幾天幾夜，它至今仍與現代社會隔絕。

在一座大山又一座大山出現在他腳下又從他腳下消失的時候，他為什麼沒有想到停留？寒來暑往，多少年的行走，只要從睡夢中醒來，他的腳步就邁動了，那是一種怎樣的心境？他也許相信自己的腳步再也停不下來了。是什麼緣由，他在九甲這樣的地方停下來了？是原始部落人讓他感覺安全，還是哀牢山大峽谷如同天外一般的仙境，再也聞不到人間的氣息？或者是聞不到了漢人的氣息，漢文化的氣息？他是要背叛？行走如此之遠，若不是非同尋常的大災難，他不會離自己的文化如此遙遠。當文化也遠如雲煙，那是安全的最大保障。也許，他是一個不屈者，人性中出走的情結，反叛的情結，離經叛道的情結，讓他只想走到天之盡頭。

在寨子山的高山之上，守著自己的後人，一塊神秘的石碑立於一座墳邊。這座墳留下了他人生的秘密。

石碑鮮為外人所知，幾乎沒有人進去過。九甲有鎮政府的人去了，面對深奧難懂的古文，什麼也讀不懂，只認出了

他的名字——熊夢奇。

突兀的寨子取名文崗。懸傾於峽谷的木樓高兩層寬三間。長而寬的峽谷,只有它兀立於森林與陡坡之上,一種決絕的氣息,從大峽谷中凸顯,強烈,分明。

想走近它。也許,石碑刻下了一個寨子的秘密。

走過一段路,天色暗下來了,無奈之中,只得在密林中的小道返回。無邊森林的飛禽走獸在暮色中發出了陣陣奇怪的叫聲。

晚上看苦聰人表演苦聰「殺戲」。早早地,地坪上搬來了大刀、花燈、紅旗和粗糙簡陋的頭飾。紙紮的頭飾造型奇特,尖角很多,有的帽頂上插了三角旗,有的還在後面做了花翎。紙做的各種不規則的幾何形燈箱,寫上毛筆字,用長杆立在坪地四角,做了演出場地的裝飾物。一群苦聰青年男女在地坪換戲裝,女的穿上了紅裙、戴了花帽,男的穿花的長袍、有的圍白毛巾。他們寡言少語,臉上表情僵硬。

銅的鈸、銅的小鑼敲起來了,殺戲開演。只有喊叫,偶爾的唱腔也像在喊,沒有弦樂伴奏,拿刀槍的男人穿著碎花長袍或拖著兩條長布,在鑼鈸聲中跳躍著,銳聲說上一段話,就拿著刀槍,左手高舉,雙腳高高起跳,表演起來像道士在做道場。樂器只有鑼和鈸,用來敲打節奏,節奏並不狂野,也不緊迫,像西南少數民族生活那樣不急不緩,永遠讓心在一邊閒著。快節奏的時候,有人吹響了牛角號,還有西藏喇嘛吹的一種拖地長號,放在地上嗚嗚地響。他們不斷重

覆跳躍、打鬥。我終於看出來了，他們表演的不是自己的生活，而是三國裡的人物。

漢文化還是傳播到了哀牢山中。這也許與熊家寨不無關係。這麼山高水遠的逃避之路，不會是一個大字不識的平民百姓所為。為生計或者躲避平民百姓所遭遇的災禍是用不著跑這麼遠的。也許，是他內心深處已經嗅不得一丁點漢文化的氣息？這熟悉的氣息不消失，他就會感到威脅。他只有走到一個連漢文化氣息一絲一毫也沒有的遠方，心靈才會真正安寧下來。只是，他自己身上散佈出去的漢文化氣息是可以例外的，他不會感到不安和威脅。他不自覺地把漢人的歷史漢人的文化帶到這個原始部落。也許，他的身後有一個重要的事件，也許，他是傾國家之力追捕的要犯？正是他給歷史留下了一個千古懸念？

然而，他最終還是不得不回到漢文化，用漢文字寫下自己的墓誌銘。一個諱莫如深的人，當他走到生命的盡頭，他願意講點人生的秘密，他害怕自己被歷史埋沒得無聲無息沒有半點蹤影，生命結束得如同草寇，一抔黃土掩埋於荒野之地，生命就永遠消失於荒蕪時空了。但他必須用莽莽群山來隱藏，他仍然害怕，他也許想到了後人，他不希望被自己累及。他於是用古文字，以漢文字最隱蔽的表意功能，寫下了謎一樣的墓誌銘。他只想等待朝代更替後遇到高人，可以來破解他的秘密，墓碑上的銘文至少給自己的身世留下了一份希冀。

晚上，月亮從峽谷升了上來，又大又亮，把天空雲彩照得如同大地上的冰雪。大山卻沉入更深的黑暗。

大西南偏僻之地，自古的化外之地，直到明代建文四年鎮沅才有文字記錄歷史。據縣志載，乾隆三十四年，鎮沅發大水、地震，上空有星大如車輪或自北飛南、或自南飛北數次。又載，乾隆五十四年十二月，恩樂天鼓鳴，黑霧彌空，有巨星自東隕於西北。民國十一年，有人從北京帶回一架腳踏風琴，事情記入縣志大事記，成為 1922 年唯一的一樁事件……

雨後的山風吹來，人輕得像飄浮起來了，一種奇異的感覺，山拱伏於足下，呼吸透明，心亦空明一片。頭上碩大的月亮，好像在飛，而幽黑峽谷中的熊家寨好像沉入了永恆的時間之海。

在山脊的水泥路上徘徊，直到一陣越來越密集的雨在樹林裡落出了聲音。走進房子裡的時候，我在想，一個人的決定，有時影響的不只是他的一生，是世世代代。他在作出人生的決定時，經過冷靜思考嗎？一個人走向西部，這是一條多麼荒涼的路！它一閃念出現在想像中，心裡就像爬過一條冰冷的蛇。我想，這不是一時衝動的結果。他們一定認為自己對社會與人的深切體悟與認識，是最接近真理的。因而，在漫長歲月的考驗中，他們絕少翻悔後退。他們在異地僻壤獲得了心靈的安寧。

一個人，數百年前邁開的一雙腳，多麼微不足道，多麼

路上的祖先 / 231

渺無音訊，何況飄散在時間的煙霧中，早已湮去了痕跡。然而，西部的山水，偏僻而森然的風景，卻將歲月的一縷悠遠氣息飄來，如時間深處的風拂過，帶來了那些微小的但卻與人生之痛緊緊聯結的瞬間。

在南方的一些古老村落，正如祖先預料的那樣，世世代代，事情一直沿著他們的想像前進，直到今天。在隔絕的環境裡，時間的魔法把一個人變成一個連綿的家族，如同一棵南方的榕樹在大地上獨木成林。譬如湖南岳陽的張谷英村，張谷英就是六百年前從江西翻山越嶺而來的人，他憎恨官宦生涯，辭官歸隱，尋找到一個四面山嶺圍繞的地方，過起與世隔絕的生活。這個以他名字命名的村莊，二千多人全都是他的子孫。當年日本鬼子也沒有找到他的村莊。

又譬如，貴州貞豐縣北盤江陡峭的懸崖下，隱蔽的小花江村，當年一户梁姓人家從江西遷徙到了這裡，他的石頭屋前是湍急的江水在咆哮，屋後靜默著屏幕一樣的山峰，鳥翅也難以飛越。當年紅軍找到這個隱藏的險地，在峭壁間架設懸索，從這裡渡過了北盤江。他們都是一個人的決定，卻影響了一個氏族的去向與生存。這不能不說是生命的一個奇蹟！

天剛放亮我就起床了，峽谷裡被雲填滿，像一個雪原晶瑩透亮，這天我去千家寨看一棵兩千年的老茶樹。幾千米的大山都在原始密林下攀登，這不只是在挑戰人的體力也是在挑戰人的毅力，一切都到達了極限的狀態。晚上回到九甲，

腿腳連邁過門檻的力氣也沒有了，小腿、大腿都酸痛得抬不起來。去熊家寨的願望再也沒有可能了。

熊夢奇，留下一座墓碑給了歷史。在蒼茫的歲月中，它的神秘將一直穿越時空。

一戶漢人

西部，讓我陷入一個人的幻想——

他正坐下來休息，他太累了。在時間的深處，你看不到他。但他的確在休息，摸出一張小紙片，再從袋裡捏出煙絲，把它裹了，吐吐唾沫黏合好，一根喇叭狀的煙就捲好了。隨著長長的一嘆，一口乳白色的煙如霧一樣飄向空中，瞬息之間就沒了蹤影。

這是一種象徵，很多事物就是這樣只在瞬息。無蹤無影的事物遍及廣袤時空。好在上帝給了人想像的能力，虛無縹緲之想其實具有現實的依據。他就是這樣，一個微不足道的事件，煙一樣消散。但後人可以想像他，塑造他。這可以是遷徙路上的一個瞬間。他或許是流民，或許是避難者，或許是流放的人，或許還是一個有夢想的人……但毫無疑義，他是一個村莊、一群人的祖先。

他的後人捲起那支煙時，那煙已經叫莫合煙了。

莫合煙只有西部的青海、新疆才有，他要去的方向就是那裡。這是一次向著西北的遷徙。

他來自陝甘，他有西安出土的兵馬俑一樣的模樣。

　　往西北，天越走越低，樹越走越少，草也藏起來了，石頭和砂刺痛眼睛。他走過一片沙地，出現了一小塊綠洲，但是沒有水。他只是在一袋煙的工夫就穿過了這片綠洲。更廣大的沙地，他走了一天才把它走完。

　　綠洲再次出現的時候，這裡已經有了先到者。他在漸漸變得無常和巨大的風裡睡過一夜，再次上路。

　　他走了三天才遇到一塊綠洲。綠洲已經有一座村莊，這是一座廢棄的村莊，被風沙埋了一半。他用村莊裡的鏽鋤頭扒開封住門的沙土，住進了別人的村莊。他一住半年，這個村莊裡的人又回來了。這情景西部常有。

　　他又遇到一片綠洲的時候，已經走了七天。晚上住在一堵土林下，聽到有人在喊他，又聽到了哭聲，他也喊，他的喊聲無人答理。哭聲越來越大，拂曉時變成了哭嚎。

　　太陽出來時，一切平靜如常，廣闊的荒野什麼也見不到，一片蒼涼。夜幕降臨後，喊聲、哭聲又起，天天如此。他想到了自己村莊被剿殺的人，想到了這些靈魂也許跟著他一起到了逃亡的路上。他害怕。他不知道大漠上的魔鬼城，風沙是能哭泣的。他不得不再次上路。

　　他得與風打交道了，有時是順著它們，有時是橫穿過它們，有時是逆著它們，風中的沙石越來越多，打在臉上有點癢。他被一團風裹進去，裡面只有微弱的光，他再也無法看到遠方，看到方向。他不知道沙塵暴，第一次與它打交道，他以為自己從此進入了另一個世界。以前，變化是一點一點

的，他還可以聯想到遠去的世界，現在，沙塵暴像一股洪水沖斷了這樣的聯繫，他以為再也回不到從前的世界了。他開始驚恐。

幾天之後，太陽出現了，遠方的地平線也出現了，他才知道這是一陣風，一陣長長的比夢境還長的風，不同於以往任何時候見到過的風。他從此要與這樣的風打交道了。

沙漠是怎樣出現的，他又是怎樣走到了沙漠的深處，是怎樣又找到沙漠深處的一片綠洲，這樣的信息在他的後代傳遞著生命的過程中消失了。

大西北沙漠中那些把一個滿天石頭或沙子的地方取名叫做漢家寨、宋砦或是別的標明自己漢人身份的地名，至今住的不過幾戶、十幾戶人家，乾打壘的房子，都是泥土與紅柳條築起的土房。這是來自陝甘的遷徙者最終落腳的地方。他們的生命在與嚴酷的自然環境搏鬥中，一個接一個殞沒了。但生命依然在繼續。

千年歷史中，他們陸續遷徙到了這裡。與南方一個人的遷徙繁衍出一個大家族不同，塔克拉瑪干沙漠嚴酷的環境抑制了生命的繁殖力量。他們在大漠深處的生存如同芨芨草，在適應與抗爭的過程裡生命的火種不能燎原，卻持續不滅。

他們與北方的走西口、闖關東不同，那種遷徙大多與災荒和生存有關，而他們長途遷徙與戰爭和圍剿相關，與異族、宗教相關。血腥的歷史浸染了這塊土地。常常是一個民族或一批人居住，之後，殺戮到來，這裡又變成了另一個民

族另一批人的居住地。甚至，佛教與伊斯蘭教也在這裡更替。

這幾乎就是那條絲綢之路，也是當年玄奘西去取經的路。我在崑崙山下塔克拉瑪干南面行走，我看到了公路上踽踽獨行的人。就在這個人從我車窗一閃而過的瞬間，我看到了他邁出的腳——一雙粗布鞋包裹的腳。在這樣廣大的沙漠世界，這邁步的動作多麼微不足道。但這個與我相遇的人仍然立場堅定，交替舉步。百里外的村莊，得靠人的意志和毅力抵達。

沙漠裡生活的人，都得有這樣頑強的意志。

一陣風沙襲擊，沙瀑像白色雲霧飄過黑色路面，緊隨後面的黑暗如牆移動，只在片刻吞滅了一切。車子急剎中差點翻下公路。這是車燈也射不穿的黑暗之牆。車外的世界不見了，那個踽踽獨行的人也被風沙吞沒。車窗關死，我還是聞到了濃厚而嗆人的沙土腥味。嘴唇緊閉，牙齒裡仍然有沙粒嚓嚓磨響。

沙暴過後，千里戈壁是現實的洪荒時代，陽光下的沙石，泛出虛白的光，灼傷人的目光。抬頭看見一片片的絕望，不敢相信這片地球上灼傷的皮膚，會有窮盡的一刻。它被天穹之上狂暴的太陽烤乾了、燒毀了。黃色、褐色、白色，一條條傷痕從崑崙山斜掛著瀉了下來，大地向著沙漠腹地傾斜，石頭的洪流，大海一樣寬闊，沒有邊際。

雲朵，躲在地平線之下，與戈壁一樣從地平線上冒出

來。它們緊挨大地的邊緣，沒有膽量向遼闊而靛藍的蒼穹攀升。遷徙者也許曾朝著天邊的雲朵邁步，相信雲朵之下的雨水和綠洲。

地平線是一條魔線，把布匹一樣的戈壁抖摟出來。太陽的火烈鳥向著地平線歸巢。車朝向渾圓的太陽鳥跑，彎曲的地球微微轉動。太陽被追得落不了山，懸在前面，落像未落。

一座水泥橋，橋下石頭洶湧，在人的咽喉裡湧起一陣焦渴。橋在乾渴裡等待崑崙山冰雪融化的季節。它在沙裡已經有些歪斜，像渴望到無望的人萎靡了精神。一年一度，夏季濁黃的雪水裏帶著山坡上的沙石，從這裡沖進沙漠，一直盲目地沖進塔克拉瑪干沙漠腹地，這是沙漠綠洲生存的唯一原因。

前方出現了沙棗、楊樹。這是于田的地盤，一個村莊出現。

進村裡，去尋找水源。一排楊樹後，一口籃球場大小的水塘，塘裡的水發黃。于田人叫它澇壩水。它是崑崙山沖下來的雪水貯存起來的，一年的人畜飲用就靠這塘水了。

走進一戶人家，男的是這個維吾爾村唯一的漢人，姓劉，許多年前他從一個漢人的村莊遷來。正是維吾爾人的古爾邦節，他們一家人圍坐在土炕上，吃著燉羊肉。女主人下了炕，把地窖裡藏著的冰取出來，放上糖，端給我。這是天然的冷飲。它那杏黃的沙土顏色，讓我感到不安。茫茫戈

壁，黃色是讓人陷於絕望的顏色。綠色，只是幻覺。白色是
飄渺夢想——那是崑崙山上的積雪、天空中的雲朵。在黃色
泥土的平房裡，如同走進了泥土的內部。泥裡的光幽冥、暗
晦。黑暗中發亮的黑眼睛，漢人的黑眼睛，是兩個怯生生的
孩子朝我打量。

男人不吭聲，一個奇怪的人，幾乎不會說話。出於什麼
禁忌，他家院門經常落著一把掛鎖，到節日才打開一下，平
常出入須翻一人高的圍牆。停在院內的自行車也從圍牆上扛
進扛出。院內的一棵杏樹是用洗手水養活的。樹下兩個鐵皮
箱，用來取水，由毛驢把裝滿水的鐵皮箱運回家。水，也從
圍牆上抬過來。

吃過飯，男人去看他種在沙地上的哈密瓜。一根拇指大
的塑料管，相隔十幾公分伸出一節草根大的短叉管，從水塘
抽上來的水，從這短管裡滴落幾滴，哈密瓜就能發芽了。生
存的智慧用在了對水的精確計量上。

這個祖先從陝甘遷來的人，已經忘記了還有一條日夜奔
騰的黃河，忘記了那土地上灌溉的水渠。他融進了沙漠，不
再知道沙漠外的事情。不知道這裡的土地是大地上最乾渴的
土地。祖先的遷徙，已海市蜃樓一般飄遠。

他坐下來休息，摸出一張小紙片，再從袋裡捏出煙絲，
把它裹了，吐吐唾沫黏合好，一根喇叭狀的莫合煙就捲好
了。相同的動作，多少世紀在一雙雙男人的手上傳遞。他遞
煙給我，我搖了搖頭。他自己點著了火，隨著長長的一嘆，

一口乳白色的煙如霧一樣飄向空中，瞬息之間就沒了蹤影。

姓劉的男人在我起身告辭的時候，問到了西海固，那是他祖先居住的地方。他問那個黃土高原上水是不是也很金貴。

午後，一場風暴從北方的沙漠深處刮來，空氣從灼熱開始轉涼，沙塵如同雲霧在遠處的地面上浮動，很快將吞沒這個只有十幾戶人家的村莊。這個叫托格日尕孜的地方，曾經有一個叫庫爾班‧吐魯木的老人騎著一頭毛驢去了北京。他走到策勒縣時被家人追了回來。後來他又上路了，到了北京，見到了毛主席。

我抬眼作最後的打量，高高的楊樹就像夢境裡的事物一樣不能真切。我在逃離風暴的車裡，看到它瞬息間捲進了風沙中，像夢一樣消失。

大地上又變得空空蕩蕩。而村莊沒有一個人逃離。汽車在沙塵暴前面狂奔，這個在沙漠像南方霧天一樣習見而平常的事物，在南方人眼裡卻像沙漠怪物。其實，在它的面前，我無處可逃。它就像時間的煙霧，把世間的一切抹去。

國家圖書館出版品預行編目資料

魯迅文學獎作品選 . 3, 散文卷 . -- 初版. --
臺北市：人間, 2013. 11
250 面：15×21 公分

ISBN 978-986- 6777-68-4（平裝）

855   102023224

魯迅文學獎作品選 3

散文卷

出版者　人間出版社

發行人　呂正惠

社長　林怡君

地址　台北市長泰街 59 巷 7 號

電話　02-2337-0566

郵撥帳號　11746473 人間出版社

排版印刷　龍虎電腦排版股份有限公司

電話　02-8221-8866

登記證　局版台業字第三六八五號

初版　2013 年 11 月

定價　新台幣 200 元